密涅瓦丛书
Minerva

开始,开始,然后结束
然后开始。一次,又一次
一个声音,在诉说,或
不在诉说。一个声音,
或很多声音。开始,但
并不。没有开始,也没有
结束。在诉说,或不在
诉说。一个声音,或很多
声音。但不在诉说。古老
或并不古老。只是冲刷
冲刷,冲刷着,所有一切
……

张曙光，1980年开始发表诗歌作品。著有诗集《小丑的花格外衣》《午后的降雪》《张曙光诗歌》《闹鬼的房子》《看电影及其他》等，译有诗集《神曲》《切·米沃什诗选》，评论随笔集《堂·吉诃德的幽灵》等。作品见于国内外文学杂志，如《人民文学》《诗刊》《上海文学》《北京文学》等及海外中文杂志《今天》《倾向》等。

电影与世纪风景

张曙光 著

西苑出版社
·北京·

密涅瓦趁夜色降临

密涅瓦（Minerva），罗马神话中的第二女神，仅次于天后朱诺，在十二主神中居于第四位，是主司艺术、智慧、月亮、医药、诗歌、泉水、战争的女神，高于爱与美之神维纳斯。她随身携带的符号和道具，是一只象征智慧的猫头鹰。

她对应着希腊神话中的雅典娜，同时还对应着另一位专司记忆、语言和文字的女神——十二提坦之一的摩涅莫绪涅，她是希腊神话在罗马神话中的二合一的变体。其中后者还与天神宙斯幽会，生下了专司文艺与诗歌的缪斯九女神。

让我们来设想一下：密涅瓦，冷静的，充满智慧的，以美貌与理性结合的，具有至高精神力量的，真正懂得并守护艺术与科学的……这样的女神，不就是离诗歌最近的一位吗？

而且有意味的是，她总是在黄昏时分，或者在夜色中降临。

但密涅瓦的象征还不仅仅是泛指,她是诗歌与智慧的结合,是理性与力量的合一。所以她更像是一位当代的诗神,因为当代的诗歌中,确乎凝结了更多"思"的品质与对"言"的自觉,同时也有了更多复杂、暧昧和晦暗的经验气质——正像美国当代著名的文化批评家丹尼尔·贝尔所描述的那样。

丹尼尔·贝尔究竟是怎么描述的呢?他说:

"启示录里,智慧女神密涅瓦的猫头鹰在暮色中飞翔,因为生活的色调变得越来越灰暗。现代主义胜利的启示录里,黎明所展示的光彩不过是频闪电子管不停地旋转。如今的现代文艺不再是严肃艺术家的创作,而是所谓'文化大众'(culturati)的公有财产。对后者来说,针对传统观念的震惊(shock)已变成新式的时尚(chic)。"

这段话很复杂,但意思是清晰的。密涅瓦所喜欢和管辖的诗意,在古典时期,是暮色或者黑夜的色调;在现代,则不得不掺杂霓虹灯闪烁的景致。尽管它已被大众趣味与流行文化所感染,带有了消费与时髦的性质,以及对传统的颠覆,但这无疑也是"当代诗意"的一部分。或者说,在当代的文化与诗意之间,我们的女神已意识到——且不得不容许——它们实现了某种混合。

这与之前海德格尔的那些"启示录"式的话语，是何其相似。他曾叩问，在世界之夜降临之时，诗人何为？

显然，在以智慧打底的同时，诗歌在我们的时代具有了更多可能，它是创造与破毁的合一，是严肃与诙谐的混搭，是高雅与凡俗的互悖，是表达与解构的共生。

在技术的、机械复制的、消隐传统的世界之夜中，在大众文化的霓虹灯管的光影中，诗人何为？

本雅明和海德格尔们的药方，似乎稍稍有点过时，但依然令人尊敬。

他们的言说，显然也是"启示录"式的，所以有那么一点点悲情意味。而按照贝尔的观点，现代主义的胜利中，确乎应该包含了某种诗意的妥协。这同样是悲剧性的，但又属不得已。

那么就让我们接受这些现实，承认当下的诗意，它应该具有的——那种混合与暧昧的复杂性。这样，我们就会清晰地知道，在朝向一种逐渐清晰的当代性的道路上，适时和有效的写作，正变得越来越丰富和不确定。这是一个略显诡异的辩证法，但也是一个朴素和确定的小逻辑。

我们希望那些真正有抱负的诗人，会加入其中，他们决心与诗歌的历史作血肉交融的勾兑，同时又清晰地知道，如何以独立的见识，介入当代性诗意的发现与建构中。

显然，当代性的诗意向度，正是为密涅瓦而准备的。它在黄昏时分，冷静而机警地注视着人间，以智者的犀利，看透由历史转至今天的道路与秘密。

这正像瓦雷里所说："诗人不再是蓬头垢面的狂人"，他们总习惯"在昏热的夜晚掂诗一首"，"而是近乎代数学家的冷静的智者，应努力成为精练的幻想家"。是的，冷静的智者，精练的幻想家，瓦雷里所描画的，正是密涅瓦手上的那只猫头鹰的形象。

是的，猫头鹰！

注意哦，它不再是浪漫主义的夜莺。在它看来，夜莺的歌唱可能太过抒情，它那软弱而盲目的视线，在昏热的夜色中更被大大缩短。而现代主义的黑夜，加上各种斑斓之色与嘈杂之事的搅动，正好适合一直目光如炬的猫头鹰。

瞧，它趁着夜色降临了。

好，来吧，一只，两只，三只……

让我在最后说一点人话：这套"密涅瓦诗丛"，始自我与多位朋友的密谋，开始仅仅是为这好玩的名字而迷醉，后来渐渐想清楚了它的含义，便有了将之变成现实的执拗冲动。只可惜，在最初的谋划中，它的落脚之处突然消失，在历经又一两年的蹉跎之后，才终于找到了"西苑"，这块美妙的落脚之地。

现在，它变成了更为宽阔的名字——"密涅瓦丛书"，也为自己脚下规划出了更大的回旋余地。因为这里是林木葳蕤、生机盎然的"西苑"。

我们在等待着优秀者的加入，他们对于那遥远诗神的召唤心领神会。

来吧，密涅瓦，快趁着夜色降临。

张清华
2021 年 12 月 6 日，北京清河居

目 录

壹

002   1965 年
004   雪 *
006   给女儿 *
012   看江：和五岁的女儿一起
013   照相簿
016   尤利西斯
018   我们所说和所做的
020   楼梯：盘旋而下或盘旋而上
023   隐喻
025   电影院 *
030   西游记 *
038   雪中即景 *
041   绑架
042   谈话
043   这个夏天
044   窗子

*为包含创作手记篇章。

046	终局
047	岁月的遗照 *
051	卡桑德拉 *
054	海 *
057	鱼
058	也许我该说些什么
060	皮娜·鲍什
061	在飞机上 *
066	游乐场
069	即景
070	读《维特根斯坦传》
073	历史
075	傍晚
076	拉伊俄斯
078	冬天：纪念肖斯塔科维奇
080	如你所见
081	"我们总是会被时间嘲笑"
084	石头
085	电影与世纪的风景
087	当风景作为风景

089	我沉迷于风景这个词而不是风景本身
090	风景
091	纳博科夫的蝴蝶
092	隐匿的存在
094	时间与距离*——想起理查德·拉塞尔
098	紧急下潜
100	静止的画面
102	"今夜,月亮像一只飞鸟"
104	丧尸乐园
106	保罗·塞尚

贰

108	诗歌作为一种生存状态或我的诗学观
114	诗、语言及其他
122	诗的断想
130	曲园说诗
144	做自己喜欢做的事 ——访谈张曙光

169 关于近期创作
　　——答文乾义
181 诗人张曙光访谈录

壹

塞尚是我最崇敬的画家

他的创作态度和理念对我的影响很大

1965 年

那一年冬天,刚刚下过第一场雪
也是我记忆中的第一场雪
傍晚来得很早。在去电影院的路上
天已经完全黑了
我们绕过一个个雪堆,看着
行人朦胧的影子闪过——
黑暗使我们觉得好玩
那时还没有高压汞灯
装扮成淡蓝色的花朵,或是
一轮微红色的月亮
我们的肺里吸满茉莉花的香气
一种比茉莉花更为冷冽的香气
(没有人知道那是死亡的气息)
那一年电影院里上演着《人民战争胜利万岁》
在里面我们认识了仇恨和火
我们爱看《小兵张嘎》和《平原游击队》
我们用木制的大刀和手枪
演习着杀人的游戏
那一年,我十岁,弟弟五岁,妹妹三岁

我们的冰爬犁沿着陡坡危险地滑着
滑着。突然，我们的童年一下子终止
当时，望着外面的雪，我想
林子里的动物一定在温暖的洞里冬眠
好度过一个漫长而寒冷的冬季
我是否真的这样想
现在已经无法记起

1984年

雪 *

第一次看到雪我感到惊奇,感到
一个完整的冬天哽在喉咙里
我想咳嗽,并想尽快地
从那里逃离。
我并没有想到很多,没有联想起
事物,声音,和一些意义。
一张张陌生的面孔,在空气中浮动
然后在纷飞的雪花中消逝
那时我没有读过《大屠杀》和乔伊斯的《死者》
我不知道死亡和雪
有着共同的寓意。
那一年我三岁。母亲抱着我,院子里有一棵树
后来我们不住在那里——
母亲在 1982 年死去。

1986 年

*

这首诗写于 1986 年,是我较为喜欢的一首。我生活在北方,对雪有很深的感情。自我有记忆起,雪就在我生活中扮演着重要角色。记得四五岁时,我家住在平房,一夜大雪,第二天早上推不开房门,最后还是父亲从窗子跳到外面,把堆在门前厚厚的积雪清理干净才能出门。但这首诗并没有刻意地对雪进行外在的描写,而是在对雪的最初记忆的基础上展开联想,在有意无意间把雪与历史上的死亡联系在一起。《大屠杀》和乔伊斯的《死者》都是描写死亡的杰作,但一个代表暴力,另一个则是形而上。"那时我没有读过……我不知道死亡和雪 / 有着共同的寓意。"情况可能如此,但另一方面也暗示了它们之间的某种联系。但这些都与我个人生活无关,而结尾写到了母亲,在对死亡的认识中掺杂了个人的经历。最后一句产生了一个跳跃,在平淡中给人一种突兀感,使人产生了强烈的震撼。在我早期的诗中,雪和死亡或者说死亡的感觉总是相伴而行。诗中的雪既是自然界的雪,也具有一种象征意义,同时也与我的生活联系起来,或者说,将我的生活提升到一个高度来加以观照。

给女儿*

我创造你如同上帝创造人类。
我给了你生命，同时带给你
死亡的恐惧。
那一年春天，或是初夏，准确的时间
我已经无法记起——我四岁或者五岁
（如同你现在的年纪）
一位远道而来的客人
和我的爸爸谈论起农奴制
种种残酷的刑罚
以及农奴被活活剥皮。
那是中午，一个春天或初夏的中午，但我感到悲哀
感到黑暗像细沙一样
渗入了我的心里。
我们的房门通向
阳光中一片绿色的草地。更远些
是一座废弃的木场：一些巨大的圆木
堆积在那里，并开始腐烂
我在医院的病理室看见用福尔马林浸泡着的
人体的各个器官，鲜红而布满丝络
我差一点呕吐
仿佛一只无形的手遏止了我的呼吸。

后来我读到了有关奴隶制和中世纪的历史
读了《安妮·弗兰克日记》
后来我目睹了死亡——
母亲平静地躺着,像一段
不会呼吸的圆木。白色的被单
使我想到深秋一片寒冷的矢车菊
乞力马扎罗山顶闪亮的雪
海明威曾经去过那里
而母亲平静而安稳地躺着,展示出
死亡庄重而严肃的意义
或是毫无意义
那时你还没有出世
而且几乎在一次流产的计划中丧失存在的价值。
人死了,亲人们像海狸一样
悲伤,并痛苦地哭泣——
多少年来我一直在想,他们其实是在哭着自己
死亡环绕着每一个人如同空气
如同瓶子里的福尔马林溶液
雪飞在一封信中问我:为什么
你的诗中总是出现死亡

>>>

我不知该如何回答。现在我已不再想着这些
并飞快地从死亡的风景中逃离
现在我坐在窗子前面
凝望着被雪围困的黑色树干
它们很老了,我祈愿它们
在春天的街道上会再一次展现绿色的生机
我将坐在阴影里
看着你在阳光中嬉戏

1986年开愚从四川来哈尔滨,这是我们的第一次见面。在这段时间里我突然产生了写诗的冲动,匆匆写在了一张纸上。里面的内容是我童年时的部分,大都与死亡相关。这些都与上面的诗句"我给了你生命,同时带给你/死亡的恐惧"相关。我以为,人生下来就注定了死亡,死亡是生命的另一面。虽然生死如一,但惧怕死亡仍然是人之常情。诗歌一方面必须达到陌生化效果,另一方面不应有悖于常情。在我早期的诗中,很多时候都出现了死亡,这确实与我个人的生活经历相关。我是家里的第一个孩子。但事实上,在我之前还有个女孩,但生下来很快就死了。我3岁时得了肺结核,当时病情很严重,肺部已经有了穿孔。在20世纪50年代之前,肺病曾是不治之症。卡夫卡就是得肺病死的,托马斯曼的《魔山》写的也是得了这种病的绝望病人。幸运的是,那时有了从国外进口的青霉素,所以才保住了我的一条命。我依稀记得我的外祖母每天用婴儿车推着我去医院打针的画面。每隔一段时间,还要到哈尔滨的一家医院复查病情。我特别害怕X光室,在红色暗淡的光线下,我一个人站在冰冷的机器前,机器发出低微的嗡嗡声,向我的胸部推近，紧紧贴着我，仿佛可以把我挤扁。那种感觉真是可怕极了。当然，留在我记忆深处的还是灯光。暗红色的，以及走廊的彩灯，它们伴随着当时恐怖的感觉。这些都像是一场梦，一场噩梦。在二十多年之后，我已经大学毕业并参加了工作，一次偶然间我又来到了那家医院，狭窄的走廊和走廊的灯光，一下子又唤回了我当年的感觉。医院有时候是和死亡联系在一起的。我也体验过死亡的感觉，即使是在童年。我妈妈曾在卫生部门工作，一次她带我去病理室，看到大瓶子里面用福尔马林浸泡着人体器官，我真是吓坏了。这感觉一直持续了很久。这不是一般意义上的害怕，而是发自内心深处的恐惧，并伴随着恶心的感觉。另一次，我家来了一位客人，同我爸爸谈天。我在房门口一边玩，一边听大人讲话。客人讲的是一种酷刑（可能也是听来的），那也深深刺进了我的记忆。这恐怖的感觉我无法表达。既是精神上的，也伴随生理上的。因此，我确实觉得把女儿带到了这样的世界上并不一定就是恩惠。在对女儿的宠爱中，我也想到了我经历的死亡。这些经历使我更加珍爱生命，也更加关心女儿的命运。我希望自己"飞快地从死亡的风景中逃离"，而结尾是一种期望，一方面希望老树们能重现生机，另一方面，"我将坐在阴影里 / 看着你在阳光中嬉戏"，这则是写实，也是一种象征。这首诗运用了口语，通过和女儿的谈话，回溯个人的经历并涉及对生命和死亡的认识。

看江：和五岁的女儿一起

我们坐在长椅上看江。
我和女儿。
1987 年 10 月 26 日，
第二天我将手术。

稀疏的光线，透过树丛
江水在秋天里平稳地流着
一个浪，追逐着另一个浪
"爸爸，这就是一代代人吧？"
我注视着她的眼睛，在里面寻找到另一条江
我点点头说："是的。"

就这样，一整个下午
我们在长椅上
看着江，交谈着
树叶像雨点一样落下。

照相簿

母亲的微笑使天空变得晴朗。
她白色的衣裙
盛开在一片收获的玉米地里
使1959年的某个夏日成为永恒。
我怯生生地站在那里,拿着一架玩具飞机
那种双翼的,二次大战前使用的那种
一身海军制服,像一名刚入伍的新兵
却不知道某些地方正沐浴着战争和死亡。
另一幅照片。我扎起
一根小辫,像一个女孩。
那是妈妈干的
时间与妈妈的那幅大致相同。
还有一张骑在三轮车上吃着橘子
以后好长时间我邻家的孩子
啃着糠麸窝头,坚硬得像黑色的石头。
弟弟在照片中的一张炕桌上
吃着饭,在这之前他一直傻笑着
追着爸爸的相机
后面的墙壁上有剥落的痕迹有一处我一直在想
是一只老虎而看上去的确很像。
1962或63年。那一年春天
我第一次拿着两毛钱去商店买了一包糖

>>>

并用蜡笔在墙上涂抹着太阳和警察。
接着画面上出现了妹妹
戴一顶可爱的绒帽
马戏团小丑常戴的那种
愣愣的表情
仿佛不知道发生了什么事情。
在一张全家照上，拍下了
爸爸，妈妈，弟弟，妹妹，和我
上面印着：1965年8月，哈尔滨
爸爸试图微笑，但他一边的嘴角刚刚翘起
便凝固在画面上
无法把它修整得更好。
这也是全家最后一次合影，以后好些年
全家人没有照相也没有微笑　直到
我和大学同学一起拍下照片
然后是同妻子的结婚纪念照
我们不得体地微笑着
带着幸福的惶惑。
1982年。这一年母亲离开了人世
而照相簿中增加了女儿的照片
有一张姥姥抱着她就像
当初抱着我但那时没有留下照片

但姥姥保存着舅舅和我的一张
舅舅看上去年轻漂亮那时他刚刚结婚但此刻
他躺在医院里痛苦不堪他患了重病。
照相簿里更多是女儿的照片
活泼地笑着，跳舞，吹生日蜡烛，穿着我的大皮鞋
像踩在两只船里。这一切突然变成彩色　仿佛
在一部影片中从黯淡的回忆
返回到现实

　　　　　　　　　　　　　　　　1987年

尤利西斯

这是个譬喻问题。当一只破旧的木船
拼贴起风景和全部意义,椋鸟大批大批地
从寒冷的桅杆上空掠过,浪涛的声音
像抽水马桶哗哗地响着,使一整个上午

萎缩成一张白纸。有时,它像一个词
从遥远的海岸线显现,并逐渐接近我们
使黄昏的面影模糊而陌生
你无法揣度它们,有时它们被时间榨干

或融入整部历史。而我们的全部问题在于
我们能否重新翻回那一页
或从一片枯萎的玫瑰花瓣,重新
聚拢香气,追回美好的时日

我想象着老年的荷马,或詹姆斯·乔伊斯
在词语的岛屿和激流间穿行寻找着巨人的城堡
是否听到塞壬的歌声?午夜我们走过
黑暗而肮脏的街道,从树叶和软体动物的

空隙,一支流行歌曲,燃亮
我们黯淡的生活,像生日蛋糕的蜡烛

我们的恐惧来自我们自己,最终
我们将从情人回到妻子
冰冷而贞洁,那带有道德气味的历史

我们所说和所做的

天在下雪,远处的灯光投向我们
使我们的影子拉长,稀薄,像岁月和历史
在梦中我们自由地穿行
但现在所有的门关闭。呵　有谁能够

看见淡蓝色的雪,当他的脸
隐匿在窗帘后面?
而楼梯仍然黑暗,旋转
将我们载向一个不可知的高度

或者那就是虚无。没有人知道我们
当灯光暂时熄灭,我们听到雪
在六月的天空发出搅拌机的声音
一只熊从街道深处走出

羞涩得像一位新娘,这是
上帝赐予我们的礼物
那么,你是否拒绝这场雪,是否提议
采用另外一种方式?或者干脆回到

我们诞生的房屋,或走进那面生锈的镜子
它静静坐在那里,像一架捕蝇器,捕捉着
光线和意象。在上个月,最后的
一位邻居也已离去

楼梯：盘旋而下或盘旋而上

1.

这件事做了一次又一次，但你必须得做，因为这是
我们每天生活的全部风景
像维生素，你一定得吃下它，据说是为了你的健康

孩子们的笑声从黑暗的甬道中传来
当他们爬到顶层
头上降满厚厚的雪

从上个月他离开我们
一直没有信来
四月绿色的邮差只是为我们带来一些糖果

并告诉我们一些无聊的琐事，譬如
一只熊做了新娘，或
一群耗子从月亮上张望

2.

我们一直向往着顶点
但地面上似乎更为安全
哦,请不要带走我最后一枚硬币

它像冬天的太阳,苍白,却温暖着我
或我的生活。"你会忘记这一切吗,
当我离开你?"

起重机的声音在我的灵魂中轰响
如果我们真的有灵魂。它是否可以
在博物馆的样品陈列室展出

或在手术刀的下面剖开?
里面是否会有一颗钻石
或像火山一样,黝黑,空洞,多孔?

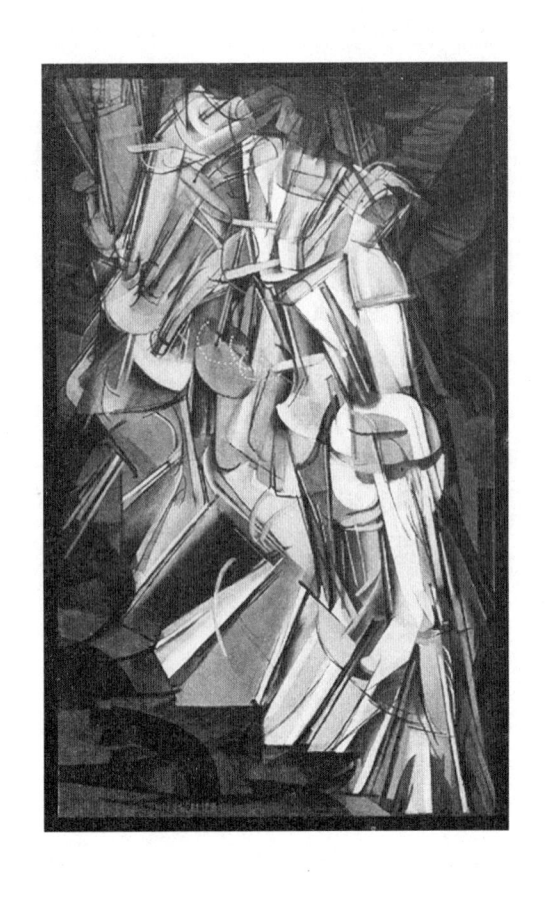

下楼梯的裸女，第 2 号

nu descendant un escalier. no.2

杜 尚

艺术永远需要大胆的探索。

隐　喻

1.

不会有出人意表的形象，或许
这是宿命。一座建在水上的木房子
抵御着白昼和光线，在另一些日子里
它将在天空中放大，像一只苹果，在城市里扩展
阴郁而沉重，介入我们的生活
你可以摆脱它，如果你愿意
但你无法摆脱它的阴影
它会带给你一个令人惊愕的花期

2.

现在突然爆满了整个城市，像贼鸥
或血液中的疾病，使春天看上去
变得可疑。无从诠释，诠释只是
用一些词，代替另一些
但我们并不知道
在说些什么，或做些什么
就像镜子里的蜀葵和大丽花，无意
装饰着风景，却被风景所装饰

3.

但此刻手中的钥匙生锈了
花园的门无法打开,我们只能等在外面
猜谜,或在一只鞋子里
重复我们的故事。当黄昏降临
在强烈的光束下,一辆小汽车缓缓升起
我们时代的精神偶像。而天空和风景
被浓缩成一张明信片
在圣诞节前夕会寄赠给你

电影院 *

那座电影院,砖和混凝土的
庞然大物,一再进入我的梦里
也许为了投下永久的阴影,或
祈求和暗示着什么?偏僻县城的
文化中心,给干涩的日子注入
一点点彩色的梦想,但大都在记忆中
消褪了颜色。"我在一个县城出生
在另一个县城中度过了童年",在想象的
自传中我这样写。迈过春天的
泥泞和水洼(刚刚解冻,上面映出了
天空),我走在破旧的街上,看到它
正傲然注视着我。而现在我一次又一次
来到它面前,看见电影预报
在大城市中早已演过的,票价似乎
仍很便宜。我只是在外边
站站,冷漠地看着它衰老的面孔
一次好像在买票,但那部片子并不吸引我
更多是从它的后门进去,里面在开会
或放着枯燥的纪录片,我悄悄
踏着破损的楼梯上楼,楼上是
放映间和办公室,但没有人
就像影片中一个人闯入闹鬼的阁楼

>>>

却并不感到恐怖。我常和家人
去那里,好多年前,比如说
弟弟,有时是一个人。它真的对我重要吗?
也许。或者像有人在火车上
看到一处风景,或一张脸,漫不经心地
但在某一个早晨却会突然忆起
(这是在谈一部影片吗,或
真的是我的某种经历?)
而它们更远了,或者消逝,不论
曾经对你意味着什么。就像这座
电影院,我以为它会永久地
站在那里,而它已被拆除,几年前

*

电影院一度是我们心目中的圣殿。在我小的时候,大人们每个星期要带我们去一次那里,庄重得就像西方人走进教堂。我们穿戴整齐,排队进入里面,望着穹顶的吊灯,盼着电影的开始,或是一遍遍地缠着大人们问:怎么还不开演?开演前的十分钟,会漫长得如同一个世纪。

现在电影院衰落了。我们舒舒服服地坐在家里,通过家庭影院和DVD来欣赏全球最新的影片。除了有怀旧癖好的人,还有谁愿意坐在电影院里消磨时间呢?前几天回到久别的家乡,发现我小时候常去的那家电影院已被拆掉,建起了宾馆和饭店。时间真的是可怕。

但电影院并没有因此消失,它变成了一个幽灵,缠扰着我们。我最经常做的梦就是关于电影院的。在我的梦中,它的形态和情节远比我所能想象的要丰富。我不止一次地梦见街道一角的电影院(在现实中并不存在),它的宣传栏上标明着将要上演的影片的内容、日期和场次。有时我梦见我得到了一张电影票,却总是担心错过了时间。有时我梦见我进入了电影院里，里面的座位快要坐满了，正在开会，这是很扫兴的事，因为在我童年时，电影院也经常用作会场，进行政治学习，传达重要会议精神，批判或誓师大会，诸如此类。这类事情用于电影院也是恰如其分。人生有时候比电影更加富有戏剧性，也包含着各种不同类型。我更经常梦见的是，我来到家乡那座电影院前面，小城的一切都发生了变化，但它仍旧是老样子，傲岸地对抗着时间和商品经济，上演的是些熟悉然后快要忘记了的老电影，票价也是出奇得便宜。

  我写过好几首关于电影和电影院的诗，里面有现实的抒写，也有梦的记述。看到常去的那家电影院被拆除，让我怅然若失，于是我写下了这首诗："那座电影院，砖和混凝土的／庞然大物，一再进入我的梦里"，除了表达某种怀旧情绪外，也想以此来"祛魔"，不想让电影院的幽灵再来缠着我。但没有用，它仍不时地在梦中来拜访我，使我无法隔断与过去的联系。"也许为了投下永久的阴影，或／祈求和暗示着什么？"我对自己写下的诗句并不甚了了，"永久的阴影"是什么？它到底"祈求和暗示着"什么，

我真的无从知道。在另一首诗中我这样写:

> 现在电影院已变得多余,像
> 一座座在夕阳里沉思着的
> 教堂,已经成为陈旧的风景
> 或渐渐从人们的视野中消失

或许这是真实的,但这真实却很可怕、让人痛楚。

西 游 记 *

1.

房间里堆满了书。少量摊开
多数积满了灰尘。一柄放大镜
和一张四角发皱的地图——
他渴望一间更好的书房
回廊曲折地通向花园，那里有
一池水，映出六边形的月亮
假山，和真的鸟儿在树叶间祈祷

2.

现在，镜子里浮现出一张
饱经沧桑的脸。他注意到
鬓边又新添了几根白发，上个月
刚刚拔去几根。池塘生春草
但窗外已是秋天的景色——
几只雁，向西南方向飞去
排着队，但显得漫不经心

3.

漫不经心地生活,或写作,在
拍纸簿上,廉价的。穿行在人流中
挤公共汽车,踩别人的脚
或被别人的脚踩。一个中年妇女
狠狠地白了他一眼。他有些谢顶
但仍然瘦削,一颗苹果核般的喉结
(他的妻子有时指责他长得像女人)

4.

"写作就是做梦。"他说,"从一个梦
进入另一个梦。"他从不和别人争论
梦是些什么,落日中的一片绿洲
在颤动的光线中,找到它,必须
穿过一片死亡的沙漠?或许通过想象
可以达到,像三级跳,或翻筋斗,中学时
他曾试过,但成绩似乎并不理想

5.

"或者如同从梦中醒来。"他苦苦思索
这件事发生时会看到些什么
也许会发现置身于荒凉的山冈,身影
被巨大的月亮吞没,或一群骷髅
环舞着,拉扯他露水沾湿的衣衫
在夜晚他有时渴望女人,但更多
是惧怕,或毋宁说是挑剔

6.

于是他从书本中寻找生存的依据
无花果树的风景。或风在里面发出
声音。弗洛伊德有点太老;那么
萨特,他拿着烟斗,一只眼又有点
斜。他讨厌小胡子的装腔作势的
海德格尔,德里达不错,还有维特根斯坦
他赞助过诗人,只是有些过于严肃

7.

他开始思考真实或表象的问题
在每一个对他微笑的女人那里
他感到一种阴险的图谋,或者
看到的是一堆白骨。脆弱的皮囊
经不起岁月的淘洗,在放浪的
笑声中,似乎蕴含着一种深沉的
悲哀,或一种对于永生的渴求

8.

欲望之火燃烧着我们的生命
或躯体。在里面我们会看到
种种幻象——而当激情过后
我们盼望一场雨,或洒水车驶过
使空气凉爽,街道变得清洁
有时他惊奇地看到另一个自我,在
查尔斯河畔的长椅上,与他作对

9.

对真实的渴望,驱使着我们
向深层挺进。在那里,我们来到
一片陌生的风景,时间和空间织成
交错的网:一个个洞穴,或是迷宫——
如同我们身体内部复杂的结构
据说,每一个人都是一个宇宙
而每一个人又在自我中迷失

10.

他生来是个反叛者,痛恨
一切陈腐的事物,而不愿囿于
成规。愤怒的青年,打死父亲
但没有父亲可打。红色的袖章。向旧
制度发出致命的一击,同时也
击倒了自己。他被送进了熔炉中
冶炼,终于没有逃过巨人的五指

11.

很快他变得趋于平和。崇尚
伊壁鸠鲁,沉溺于牧歌式的情调
在春日里郊游,枕着一双美丽的腿
喝酒,玛丽莲是他二十五岁的情人
但最终从快乐中醒悟,开始了
一场精神的漫游——或者说历险
然后演出了这有趣(或艰苦)的一幕

12.

他只是在地图上到过西方
没有人为他办理签证,行李托运
绿卡,或一场虚假的婚姻——
他有时头疼,像套上铁箍
当他的思想变得狂野。于是
他再次返回原来的现实,面对着
摊开的旧书,而窗外已是二十世纪

13.

图书馆是他朝拜的圣殿。那里的
阿傩总是板着面孔,把书单退还给他
他不去教室,听老师嗡嗡念着讲稿,宁肯
躺在宿舍的床上睡觉。白马非马
或白马是东海里的一条龙。有时
去林子里散步,那里有童话中红色的
屋顶。机器鸟们在聊天,或争吵

14.

一种巨大的喜悦在他的心底
涌起,有时是沮丧。"我将告诉你
发生的一切"。他给远方的朋友写信
"但我不知该说些什么"。或许
真正的知识正是寓于沉默
在他的晚年,他将写一部书,一部
伟大的书,但里面只是一页页白纸

*

《西游记》是我童年时爱读的一本书。这首诗以《西游记》故事作为框架，展示的则是一个当代中国知识分子的思想历程（"西游"亦即从西方的思想文化中汲取必要的知识）。诗写于1995年，当时我正在和几位朋友讨论这样一个问题，我们这一代人，在成长阶段受到西方思想的影响，这种影响应该是有益且必要的，但我们的骨子里仍然是中国的，接受外来的思想如同取经。这使我写下了这首诗。与我的其他诗不同，这首诗并不单纯是个人生活的自述，当然其中包含着个人的某些经历，但里面的人物则具有某种代表性，是这一代知识分子的体现。里面也对应着《西游记》的部分章节。如第七节可以看作对应三打白骨精（在每一个对他微笑的女人那里／他感到一种阴险的图谋，或者／看到的是一堆白骨。脆弱的皮囊／经不起岁月的淘洗），第八节则是火焰山和真假孙悟空，第九节是无底洞，但这些都被赋予了某种哲学上的意义。

雪中即景 *

1.

雪落在佩雷德尔基诺或更远的地方,
寒冷摇撼着木屋后面的冷杉林。
透过蒙着水汽的窗玻璃
他的目光变得严峻。
尤里死去了,在时代的旧电车旁
他的心因为爱和苦难而破碎。
无可挽回。暴力是对人类最恶毒的诅咒
而在荣誉和祖国间,他最终选择了后者。

2.

另一个人在巴利的古堡中凝望
在纷乱的雪中逐次展开的原野。
曾经为一个女人和更为虚幻的影像发狂
但此刻似乎归于平静。"如果智慧在
世界上确实存在,那将毫无疑问地
存在于孤独的头脑。"想到了死去的朋友,
往壁炉中加几块泥炭,看着火光
欢快地跳动,他的思想变得生动而澄澈。

3.

习惯于在冬日的黄昏降临前完成
手边的工作,然后喝一杯酒
使心绪安闲而恬静。歌颂着春天
绿色的火焰,却跌入一个深深的冰川。
雪装饰着校园,麻雀们在空地上啄食,
公园的塑像在渐渐臃肿。找到了
最后的归宿(还不算太坏),把生命和才华
融入大师们不朽的诗行。

4.

而那个令全世界感到目眩的天才
——有着狄更斯笔下人物的名字——
从挽起衣袖的双手间,飘逸出
飞舞的雪片,使这个小小的舞台
重现童年新泽西的冬天。
挣脱于现实和苦难,梦想
带我们飞升,像鸽子,扇动着白色的
翅膀,从遍布死亡足迹的雪地上掠过

我写过很多关于雪的诗。这首《雪中即景》写于1996年，我的初衷是想写出一首不同的咏雪诗。我以前写雪的诗或多或少都包含着个人的经历，但这里雪不再是抒写的对象，而只是作为背景。我选择了四位不同的人物：帕斯捷尔纳克、叶芝、穆旦和美国魔术家大卫·科波菲尔（有着狄更斯笔下人物的名字）。在他们身上体现出不同的品质，或者确切说，体现出生活和艺术的不同侧面（苦难、智慧和幻象、工作和梦想），而雪则作为一个共同的背景将这些联系在一起。尤里一句暗示了根据帕氏的《日瓦戈医生》小说改编的同名电影中的情景：当日瓦戈在电车上看到女友拉拉时，因心脏病突发而死去。"而在荣誉和祖国间，他最终选择了后者"，指帕氏为了保全苏联国籍而被迫放弃了诺贝尔文学奖。"曾经为一个女人"指叶芝长期追求毛特·岗妮。"习惯于在冬日的黄昏降临前完成／手边的工作，然后喝一杯酒"，穆旦本人在晚年写过类似的诗句。最后一切是写艺术可以带人远离现实（飞升）。对饱经苦难的人来说，这未始不是一件好事。应该指出，雪在这首诗中并非只是作为背景或是衬托，它代表着严酷的现实和死亡，而生命在其中得以升华。

绑　架

又一次雪的牙齿在黑暗中闪亮。
又一次我被白色的冬天围困。
它围困着我，围困着城市、河流和天空。
所有的道路都被淹没，所有的门窗都被封死。
我跋涉着。我四十九岁了。这意味着
在我的生命中有过四十九个冬天，
但它们看上去似乎没有什么不同。
同样的雪和同样的寒冷。也同样令我厌倦。
仿佛被绑架了，在一辆失去控制的车里
透过窗子看着掠过的积雪和树木
却不知道驶向哪里，或有什么将会发生。

2006 年

谈　话

我们沿着一条弯曲的小路走着
老朋友，漫不经心地谈论起诗歌
"一首诗产生于艰苦的劳作，
但看上去应该显得轻松。"我这样说，
而他居然没有反驳。我注意到
此刻我们正抬着一根粗大的圆木
一前一后，但并不感到丝毫沉重。

2007 年

这个夏天

六月,风从花丛和绿荫深处吹来,
我浅黄色的亚麻布外衣在猎猎飘动。
天空灰白,像花园中雨水冲刷过的石阶
空气中有雨和死亡的气息。

2006 年

窗 子

他没有留意傍晚的到来。
他抽着那只旧烟斗，仍在发出咝咝声。
淡蓝色烟雾围裹着他，像丝质的睡衣。
他回想起一些事情，或什么也不想。
他不喜欢这生活，但想不出什么生活更好。
事实上他没有什么可忧伤，也不会感到快乐。
他没有留意窗前的那只鸟儿飞走了，
播放着的音乐也早已经停了。
一整天他听着巴赫，肖斯塔科维奇，或爵士。
音箱上满是灰尘，但大师的声音
透过模糊的岁月仍然清晰。
是的，他没有留意傍晚的到来，
黑暗透过窗子渗入他的身体，
但那扇窗子仍然明亮。

2009 年

Ceci N'est Pas Une Pi Pe

《这不是一只烟斗》

马格利特

马格利特叛逆的形象。
马格利特是我所知的最具思辨性的画家。

终　局

有些事物我们必须承受
譬如爱情，责任和背叛
还有死亡。关于宿命
我们不能知道得更多
甚至无法选择。但当一切结束
我们将会在哪里谢幕——
在空荡荡的舞台，面对
空荡荡的剧场，虚无而黑暗？

2006 年

岁月的遗照 *

我一次又一次看见你们,我青年时代的朋友
仍然活泼,乐观,开着近乎粗俗的玩笑
似乎岁月的魔法并没有施在你们的身上
或者从什么地方你们寻觅到不老的药方
而身后的那片树林,天空,也仍然保持着原来的
形状,没有一点儿改变,仿佛勇敢地抵御着时间
和时间带来的一切。哦,年轻的骑士们,我们
曾有过辉煌的时代,饮酒,追逐女人,或彻夜不眠
讨论一首诗或一篇小说。我们扮演过哈姆雷特
现在幻想着穿过荒原,寻找早已失落的圣杯
在校园黄昏的花坛前,追觅着艾略特寂寞的身影
那时我并不喜爱叶芝,也不了解洛厄尔或阿什贝利
当然也不认识你,
只是每天在通向教室或食堂的小路上
看见你匆匆而过,神色庄重或忧郁
我曾为一个虚幻的影像发狂,欢呼着
春天,却被抛入更深的雪谷,直到心灵变得疲惫
那些老松鼠们有的死去,或牙齿脱落
只是偶尔发出气愤的尖叫,以证明它们的存在

>>>

我们已与父亲和解，或成了父亲，
或坠入生活更深的陷阱。而那一切真的存在
我们向往着的永远逝去的美好时光？或者
它们不过是一场幻梦，或我们在痛苦中进行的构想？
也许，我们只是些时间的见证，像这些旧照片
发黄，变脆，却包容着一些事件，人们
一度称之为历史，然而并不真实

*

平心而论，这不是我最好的一首诗，但可能是我最受读者喜爱的一首诗。这首诗写于1993年，当时我刚刚买了一台电脑，这是我在电脑上写下的第一首诗。那是一个明朗的上午，我坐在电脑前，笨拙而愉快地用五笔打出了全诗。诗写得很快，毫不费力，也许是里面的内容太过熟悉的缘故吧。诗中交织着两种不同的情绪，一是对大学生活的追忆。回顾了当时的理想、追求与反叛。这是对青春岁月的抒写。我同时代的人会有相同或近似的感情。另一个是现在（写作时）的心境，显然比起当时要消沉些，二者间形成了鲜明的反差。这首诗在肯定过去的同时也包含着某种怀疑，我们当初的理想真的只是一场美丽而缥缈的梦吗？是什么造成了我们梦想的破灭，这里面无疑也具有一定的批判因素。

汉学家柯雷在他的一本书中指出了这首诗的瑕疵，大致是说诗中出现了第二人称的"你"，与诗中所写没有多大关联。我忘记了他具体是怎么说的，但对此我并不认同。这首诗中"我青年时代的朋友"，既是诗中追怀的对象，也是言说对象。而这个"你"，显然是其中的一个,是更为具体的倾诉对象。"你"的出现如同追光扫过一群人,最后定格在其中一人的身上。而"你"的身份始终没有被确指,也多少带有某种神秘感。从这个意义上讲,并不能算作失败。

卡桑德拉 *

没有人相信我说出的一切
没有人。在我说话的时候,人们
只是在笑,谈论着天气,或漫不经心地
注视着广场上的鸽子,它们在啄食
或发出咕咕的求偶声。没有人相信
我说出的一切。孩子们跟在我的后面
投掷石子,像当初对待年老的塞尚
当黄昏收拢起橄榄树的叶子
城墙上的石头陷入对历史的沉思
牧人们细数归来的羊群,酒吧里
弥漫着浓烈的烟草气味,但没有人
没有人相信我说出或正在说出的
一切。人们议论着电视中
很久以前的那次坠毁,花花公子
诱拐了某位石油大亨的妻子,议论着
性丑闻,科隆香水,花椰菜和萨义德
他们历数着过去像翻开一册
珍藏的相册。但没有人相信
我说出或正在说出的一切

>>>

现在夜晚包围着我们
像铠甲,没有箭镞能够穿透
它坚硬的黑暗。天没有下雨,没有洪水
冲击着堤坝,电影院里上演着
七十年前的那次沉船事件
我在另一个场合(或另一首诗中)说过
这只是出于一种票房的需要
用泪水换取钞票。没有希望正像同样
没有恐惧。旋转木马的阴影静卧在
花丛中,像一个古老的预言

※

希腊神话是我喜爱的，不仅因为它构成了一个瑰丽而宏大的体系，更重要的是，它对人类的生活富有启示。受到诅咒的卡桑德拉可以预见一切，但她的预言却没有人相信。这使不幸更为加重了。也许真正的悲剧并不在于悲剧本身，而更加在于它因为被预见到了本可以避免却人为地未能避免。我想卡桑德拉的处境与今天诗人的处境很有些相似。诗人被称为时代的预言家，但在这个时代，诗人们的声音愈发微弱，也愈发不被人们重视。正是出于这个想法，在一天的傍晚我写下了这首诗。在诗中我让自己进入卡桑德拉的角色，实际上代表了诗人的形象，而用现实的细节替代了神话的内容，拉近了古代与当下的距离。"当黄昏收拢起橄榄树的叶子／城墙上的石头陷入对历史的沉思／牧人们细数归来的羊群"意在摹拟古希腊的场景，而下一句则与当代的事件产生了某种联系，力求把古代和今天，西方和中国联系在一起。"花花公子／诱拐了某位石油大亨的妻子"暗指帕里斯诱拐了海伦。"人们议论着电视中／很久以前的那次坠毁"指伊卡洛斯和父亲用蜡制的翅膀飞行。"洪水"指当年的大洪水。在诗中我加入了"七十年前的那次沉船事件"，这指的是泰坦尼克号的沉没。写这首诗时正好在上映卡梅隆导演的表现那次沉船的影片。

海 *

开始,开始,然后结束
然后开始。一次,又一次
一个声音,在诉说,或
不在诉说。一个声音,
或很多声音。开始,但
并不。没有开始,也没有
结束。在诉说,或不在
诉说。一个声音,或很多
声音。但不在诉说。古老
或并不古老。只是冲刷
冲刷,冲刷着,所有一切:
白天,夜晚,太阳,月亮
和星星。残骸,沉船,和
失落的珍宝。时间,诞生
和死亡。冲刷,也许并不
冲刷。结束,然后开始
只是诉说,但没有故事
只是摹拟,但没有创造
只是开始,但没有结束
只是结束,但没有开始

开始，然后结束，遗忘
然后开始，温柔，暴烈
沉默，诉说，或不在诉说
一个声音，或很多声音
沉默，诉说，或不在诉说

*

我生活的城市没有海,但我喜爱海,总想写一首关于大海的诗。这首诗得之偶然,在一个黄昏,我打开电脑,想写一首诗,但写什么,却没有明确的想法。突然,我的脑海里浮现出大海的形象,更确切说是海浪的声音,这对我是个启发。于是我写下了这首关于海的诗。我在诗中摹拟着海的声音,让词语不断地涌现,消失,又再一次涌现。这首诗没有明确的主题,这种主题的不明确性或者说对意义的取消,在我后来的诗中得到了进一步的强化。大海就是大海,正如玫瑰就是玫瑰,它们呈现给你,它们的全部,但又似乎什么也没有表现,问题在于你能从中发现些什么。值得一提的是,这首诗在节奏上摹拟了海浪的声音。单调地重复,但在重复中蕴含着某种变化。这是写海的,也是写人生的。确切说,这是一首关于生活和生命的诗歌。

鱼

我在这里。我在向你们说话。
你们是否在听?我在向你们说话。我在这里。
你们是否在听?而我又是谁?
强烈的光照彻着我,使我变得透明
或只是透明中一个游动的影子。
他们给了我名字,那只是一串长长的编号
在他们的眼里,我只是无数存在中的
一个同样微不足道的存在,或压根并不存在。
我是谁?时间的废墟。没有存在的存在。
我在这里。他们把这里称作天堂。
到处是光,和透明的玻璃。
虚幻的领域。只有少量的空间
供我们游动。只有少量的空气,供我们活着。
我们活着,但早已死去。我们是活着的幽灵
或一张嘴。而在他们的眼里,我们不过是
美丽的装饰,供他们观赏。
或仅仅是装饰。你们是否在听?也许你们
和我一样,也是没有存在的存在。
活着,但早已死去。而我是否真的在讲话?
或只是沉默着,发出一串长长的水泡。

2012 年

也许我该说些什么

我不知道陶渊明的生日但记得我自己的
我读他的诗我想他也许会感到高兴
但实际上他可能对这件事情一无所知
他早已死去而我还活着，这就是区别
谁能告诉我一朵花和一块石头有什么不同？
他同样写诗喝酒，偶尔看一眼菊花
它们在屋前的竹篱旁无助地开着或凋谢
但那是很久很久以前的事了。古老得像个童话
事实上他并不风雅，这让我感到安慰
我经常会为一些小事烦心，和别人争吵
读网络小说，看成人电影或是动画片
翻墙，打打酱油，担心着天气
我试图寻找到生活的意义最终发现在生活中
根本找不到意义。一个个日子来了又去
就像你认识的那些女人，根本无法留下
我曾经愤世嫉俗但现在成了
一个温情的环保主义者，有些时候
我活在记忆里，更多的时间
沉溺在幻想中。同样我看不出其中的意义
意义是一个被用滥的词儿，一颗破旧的纽扣
吊在生活的衣袖上，你不会当成药片服下
今天一场急雨摇撼着午后的灌木丛

它们看上去是灰色的，或一种接近灰色的绿
雾气淡淡地升起，窗外的风景变得模糊
直到天色暗了下来，就像在舞台上
街上汽车成排地闪亮，焦急地按响着喇叭
一些人撑着伞，另一些人在雨中奔跑
这一切令人厌倦。我渴望一种更为本质的生活
没有人告诉我那是什么。我写诗喝酒
只是消磨时间的一种方式，抵御着无聊
而不是痛苦。正如他们谈着格莱美、金融危机
温室效应和蝴蝶效应，以及美国的军备
说到底，这些没有什么不同。诗是一种生活方式
甚至也是一种死亡方式，它填补着我们
空虚的内心。我一直在这样说
但仍然不清楚它是否真的会是这样

2013年7月

皮娜·鲍什

皮娜·鲍什在跳舞。

皮娜·鲍什在春天危险的空气中跳舞。

在空气中在公共汽车站在地铁的车厢中跳舞。

在城市的街道在人流和橱窗中跳舞。

在咖啡馆摆满椅子的空间中跳舞。

在舞台在广场在傍晚变幻的光线中跳舞。

皮娜·鲍什在跳舞。

皮娜·鲍什在天空中跳舞。

皮娜·鲍什在一只橘子中跳舞。

在橘子中在燃烧的爱情中跳舞。

在死亡的仪式和目光的凝视中跳舞。

在恐惧和绝望中跳舞。

在男人和女人中,在男孩和女孩中跳舞。

在柏林伦敦巴黎墨尔本和里约热内卢跳舞。

皮娜·鲍什在跳舞。她的舞伴和她一起跳着。

全世界和她一起跳着。

活着的人和死去的人一起跳着。

皮娜·鲍什在跳舞。

2013 年

在飞机上 *

在八千米的高空
在厚厚的云层上面
我在读一本名叫《上帝
与新物理学》的书
头上的小屏幕放着一部
科幻电影。坐在我身旁的
是一个胖子,脸色红润
像是刚刚喝过酒的样子
他穿着一件白色的名牌衬衫
我叫不出是什么牌子
但知道这确实是一件名牌衬衫
飞机平稳地飞着,像骆驼
行走在沙漠上。我读几页书
然后停下,看几眼电影
又读几页书。空姐送来了饮料
他点了咖啡,我点了
苹果汁。然后又读几页书
停下,看几眼电影
又读几页书,直到

送餐的车子过来
他点了鸡肉饭,我点了
猪肉面。餐后的饮料
他点了苹果汁,我点了
咖啡。我端起杯子,他放下
我放下杯子,他端起
我不知道他是谁,但
看上去像个有钱人
因为在他名牌衬衫的袖口
露出一块名牌手表
当然也可能是假的
飞机颠簸了几下
然后平稳地飞着,像飞机
飞行在空中
从舷窗望去,下面的云层
看上去像是犁过的雪
我悲哀地想到
我们的世界,最终
将会无可挽回地
陷入混沌中

但无疑此刻,我离
上帝的距离最近
现在我又在看书
他在打着瞌睡
我又在看电影
他仍在打着瞌睡

     2014 年 12 月 28 日

*

这是我很喜欢的一首诗,因为里面写出了一个真实而有趣的情境。写这首诗时,我正在杭州返回哈尔滨的飞机上,读着 iPad 上一本叫《上帝与新物理学》的电子书。这本书的名字很能吸引我,因为上帝和物理学看似对立,我想知道作者是怎样把二者统一在一起。我身旁是一个三十出头的年轻男人,微胖,略有些油腻。他穿着一件很高级的衬衫,腕上是一块金晃晃的手表。然后诗中的一切都是真实发生的,在服务员征询我们要什么饮料时,我们两次都是相反;在点餐时也是这样。我不知道他是不是一个真正的富人,但至少他在竭力把自己装扮成一个富人,而我无疑就是个穷人。而在这个有限的特定空间中,所有对立的因素都在上演,上帝和新物理学,富人和穷人,苹果汁和咖啡,猪肉面和鸡肉饭,看电影和打瞌睡……最有意思的是,我们又会互换角色,在餐后又分别点了对方点过的饮料。生活就是这样好玩,充满了喜剧元素。当我注意到这些,很快在 iPad 上完成了这首诗。读者可能会认为诗中会有些人为设计,但并不,一切都是自然发生的,我只是如实记录下而已。而且为了更真实,我特地问了空姐当时的飞行高度,她怀疑地打量了我一眼,我不知道她是不是在认为我在有意搭讪，更严重的是，是不是会担心我想劫持或是炸掉飞机。迟疑片刻后，她还是告诉了我是在八千米的高度，至于她是不是在说谎，我就无法担保了。

  这首诗采用了最直接的手法，直接叙事。叙事在诗中存在的历史几乎与抒情相等，如果不是更早的话。作为手法，本无优劣，关键看怎么用，用得如何，用一句广告词说，关键看疗效。"平稳地飞着，像飞机／飞行在空中"这是对比喻的一种调侃：除去自身，还能有什么比起比喻更像是自身呢？此外，这个世界本身就是由对立的因素构成的，善与恶，美与丑，好与坏……但这些终究是假象，是现量，一切最终都将归于混沌。如果有人要问这首诗最终写了些什么，这就是我的回答。

游乐场

> 我们要做的也许是在迷宫中
> 探索新的途径。
>
> ——叶芝

总会有一些风景诱惑着你。
但前面有太多路,你拿不准该选
哪一条。我忘了说,但你应该清楚
每条路都不是直的,它们通向不同的地方

超出了你的料想。更糟的是
你自己也不知道要去哪里
城市膨胀着,向着地平线伸展自己
或是朝天空崛起。一些熟悉的面孔

消失,另一些出现,陌生
或戴着面具。事实上,你甚至来不及
认识你自己。思想的红气球轻佻地飘浮
而镜子也不忠实,只是供人们发笑

但此刻你正快速地向快感攀升
伴随着相等或更大的恐惧,来自
天堂和地狱。攀升,然后更深地跌落
直到发出尖厉的叫声

听上去像是在做爱。你被紧紧捆在
坐椅上,无法拥抱和接吻
他们也一样。360度翻转,或倒置
只是为了短暂摆脱地球的引力

或释放出一个更加危险的信号。
"太刺激了。"或是"我还要,再来一次。"
我们所做的一切服从于快乐原则
天堂和地狱,被欲望所虚构

为了一份签订的契约。另一方面,它们确实存在。
如同海边的那些房子,游泳池,遮阳伞,白色的躺椅。
当风从草地上吹来,带来了六月
玫瑰和迷迭花的香气

这一切让我们陶醉。我们做着连线的游戏
在时间中穿行,并受制于时间

>>>

仿佛有一扇门在虚空中为我们打开
或关闭。它们并不在我们之外

并且轮转。像季节，或是旋转木马。
但只是轮转，哪儿也去不了。
我们只是在这里。一个诡计和陷阱。
只是在这里，听着风声在耳边呼啸。

2015 年

即　景

一场大雪淹没了这座城市。
所有的道路消失，鸟儿也不知道飞向哪里。
此刻我走着，像一片茫然的风景。
偶尔有一辆汽车从我的身边驶过。

2015 年

读《维特根斯坦传》

卡尔父亲死了。大姐曼宁也死了
汉斯死了,自杀,哥哥,一位天才作曲家
然后是鲁道夫,另一个哥哥
库特同样死于自杀,当他作为帝国军队的指挥官
在前线下达了撤退的命令之后
(这是一个家族为天才付出的代价?)
平森特死了,路德维希早期的同性恋人
他赞助过的里尔克和特拉克尔也死了
事实上他并不关心他们,他们或他们的诗
摩尔死了。伯特兰·罗素也死了
他成功地活到九十八岁,并拿到诺贝尔文学奖
诺曼·马尔科姆死了,他在美国的学生
负责从那里寄侦探小说给他
"如果美国不能提供给我侦探小说
我就不向他们提供哲学。"维特根斯坦
这样发出威胁,但没有人在意。波普尔也死了
他的对头,曾恶意攻击他
(我多么希望我的对头也是这样)
希特勒死了。他在林茨小学的同学
没有证据他们有过交往,后者
甚至不会了解他的哲学。那个当时的孩子
曾以无数他人的生命来换自己的死

他打过的乡下孩子也死了,默默无闻
显然他没有获得柏拉图式的成功
鲍斯玛死了,他曾陪维特根斯坦
在峡谷或瀑布边上沐着月光边散步边讨论问题
以赛亚·伯林死了。在一次哲学讨论会上
他见到了他。同他相比,伯林黯然失色
尽管他也非常杰出。伯恩哈德死了
他没有见过维特根斯坦但写过一本
《维特根斯坦的侄子》。也许是虚构的
但我宁愿不是因为我喜欢他
读书是一次旅行,可以领略不同的风景
但今天我读着《维特根斯坦传》
从中惊奇地发现了一个真理:
人都会死。而里面的人都死了。

2016 年

Chosen Site

《被选中的地方》

保罗·克利

这幅画作中的诗意和近乎抽象的风格吸引着我。

历 史

那条幽暗而冗长的走廊
(曾带给我太多噩梦般的恐惧)
拐了个直角,通向厨房和两间卧室,
仿佛作为困顿后的一个补偿。
石灰刷过的墙皮开始剥落了,
细密的裂纹,预示出生命的困厄。
我们一家人在里面住了十个年头,
妹妹在这里出生,我从一个孩子
长成了一个少年,但对世事仍然懵懂。
那里堆放着过冬的白菜,萝卜,土豆,
还会有腌渍的一缸酸菜。空气中飘散着
潮湿和烂菜叶难闻的气味。这是
通向我们巢穴的唯一通道,然而并不安全。
有时,外面的高音喇叭、锣鼓和口号声
会传进来,高亢,激昂,刺痛着我的耳膜。
我喂养的几条金鱼死了,只剩下那只
有着黑色条纹的猫,我想它是无处可去。
爸爸早出晚归,后来关进一幢红砖房子,
还有另一些人。我不认识他们。每天晚上
我都要穿过这条走廊,闩门,或是给秘密探访者
开门。他或她小心地敲着窗玻璃,压低了
嗓音说话,然后在夜色中幽灵般悄悄离去。

>>>

夜色漆黑，这是在下雨，或是下雪，我照例
送他们出去，然后关好房门。我的内心
会瞬间漾起一丝密谋者的骄傲。走廊同样漆黑，
或更加漆黑，尽管没有雨或雪，但比起外面
还要阴冷。我摸索着穿过长长的走廊，恐惧
伴随着脚步增长。我担心它会无限地拉长，
永远也到不了尽头，就像很多年后我在
迪伦马特书中读到的那条隧道（没有人会知道
它通向哪里），或是在某个角落里
藏着一只怪物。梦中醒来，我会凝视着黑暗，
想努力看清它的后面有些什么，但什么也看不见。
听了太多的鬼故事，也见识到人间的伎俩，
但我仍然对世界抱有某种盲目的信念，
直到为自己的愚蠢付出代价。但那时
折磨我的更多是这条走廊，幽暗而冗长
（多像历史），但它是一个现实问题，
而不大像象征(确切说,是一个无法指向所指的能指)。
它联结着我们的巢穴和外部世界，联结着过去
和并不确定的未来，那些早已消逝了的
或生命中种种永远无法预知的事物。

2016 年

傍　晚

下了一整天的雨,傍晚时天终于放晴了
一瓣橙黄色的新月羞怯地在天边出现
吐出柔和的光。它的旁边,淡淡的云朵
仿佛随时准备擦拭着上面的灰尘。花园的灌丛中
一只不知名的鸟儿在叫,似乎在提醒着我们
一天的即将终结。空气变得沁凉
孩子们骑着自行车穿过。他们的笑声
在远处传来。我追怀着逝去的童年
但并不忧伤。我知道,当这一切结束
夜晚会仍然迷人,还有满天璀璨的星光

2016 年

拉伊俄斯

命运——在通向德尔菲神庙的十字路口——
终于追上了你。沉重的一击,它完成了自己的使命
事实上,这只是整场悲剧的序幕。后面的更精彩
只是你无法看到。你已卸妆,回到了家里
坐在炉火边,喝一杯酒,打盹,或是和家人聊天

一个老人为什么不能安静地待在家里?
难道他不知道
命运会像豹子一样潜伏在夜晚的每个角落,准备着
随时发出致命的一击?为什么不能坐在炉火边
喝一杯酒,打盹,和家人聊天,然后拿起一本书
上楼,慢慢地读,弗洛伊德或拉康,梦见
那个愤怒的年轻人。门窗紧闭,
把风雪和命运关在外面
它们焦急地拍打着百叶窗,发出呼呼的响声

像贝多芬第五交响曲的某个乐句。同样
不要去招惹那些年轻人。他们早就等不及
要把老人们赶下舞台,或送进坟墓。他们就是命运
确切说是命运的一只手。他们有足够的勇气
去抗争即将来临的一切,而不像我们,只是逃避
祈求着神谕,然后更深地落入命运的圈套

如同故事讲述的那样。但他们真的能够幸免吗?
命运在轮转,没有人最终是胜利者。同样的结局
只是无意义地向后推延,推延,但并不改变。拉伊
俄斯,你的
造就了俄狄浦斯,正如他的悲剧同样造就了你
他是你的儿子,同样是你的父亲。他杀了你
也同样为你所杀。事实上,我们不过是些时间的祭品
被献祭给命运。而那些神祇,也只是帮凶者
或无能为力。他们冷漠地看着,直到大地沉入黑暗
神庙投下巨大的影子,那上演我们故事的剧场

2016 年

冬天：纪念肖斯塔科维奇

这个早晨我在听阿勒曼德舞曲。
巴赫作曲，法国组曲中的一首。
不，不是古尔德的弹奏，而是
某个俄罗斯的钢琴家，差不多和我年龄相同
而我忘记了他的名字。十月革命前
即使在俄罗斯的小城市，市长
和警察局长，也会聚在一起
演奏门德尔松的八重奏。肖斯塔科维奇
这样说。他的一生，在音乐和死亡的恐惧中度过
但幸运地逃过枪口，就像他伟大的同胞
陀思妥耶夫斯基。而梅耶霍尔德失踪
音乐家，他的老师和天才的发掘者。
如果他那时死去，我们注定听不到第五交响曲。
如果他生在今天，我们是否还会听到？
生命只是时间的祭品，墙上的那只秃鹫
目光冰冷地注视着我们，直到
时代的列车从我们身上呼啸而过。
是的，你逃脱了。但历史仍在延续，还有音乐和罪行。
我们学习着树木，保持必要的缄默。
此刻窗外灰蒙蒙的天空，正在板起面孔。

入冬以来一直没有下雪，但仍然是
冬天，一个更加严肃的冬天——
落叶被清理干净，拉走，焚化，像尸体
空气中只是留下淡淡的青烟和焦煳的气味。
我们交谈，阅读，听着音乐，只是为了
温暖自己，或等待着决定性的时刻。

2017年12月6日

如你所见

日子在错愕中度过。就是这样。
尽管无论是雨雪还是晴天
总是不曾溢出我们的预期。风景
因眼睛而存在。反过来也是一样。
雪淹没灌木丛,看上去是灰色的。
房屋的影子在缓慢移动,仿佛试图去挑战
世界隐秘的秩序。但什么都不曾改变。
现在一切都安静下来了,像夜晚
靠在花园的长椅上沉思着
阿拉伯世界的革命。窗帘回忆般地
垂下,但似乎并不沉重。它们有时
会摹拟出波浪的形状。此外
还有另一些途径带我们回到过去
譬如一束枯花,巴士,钥匙,破损的风筝
或"猜猜是谁在打电话"。诸如此类。
穿过这扇旋转门我们又会通向哪里?
没有答案。也不会有人这样去问。
生活就是这样。或许。一个站台。中转站。
下面的车站统统被称作未来。

2018年2月13日

"我们总是会被时间嘲笑"

我们总是会被时间嘲笑。
思考着这个世界能带给我们些什么。
没有人回答。在游行队伍中先知
目光忧郁地注视着前方。
他的微笑刀子一样冰冷。

在对意义的过度解读中
往往会忽略事物本身。当嚼着口香糖
走进那个房间,我意外地发现
窗外是不同的风景。我仿佛忘记了
焰火只是在夜空中绽放。

思想是一件奢侈品。它是方形的。
更加奢侈的是阿玛尼套装。
或香奈儿挎包。厌倦了远方的风景
我们舒服地睡在一颗豌豆上
在尼加拉瓜大瀑布上漂流。

在阳光中我们将像冰淇淋一样
融化。这是多么幸福的事情。
还有那双蜡制的翅膀。

>>>

我们讲述的是别人的故事
也同样被别人所讲述。

遗忘是最终的归宿。但潜意识的冰山
仍危险地在大洋中巡游,等待泰坦尼克号。
而来自另一个世界的怪兽
将像温顺的宠物狗,用软塌塌的舌头
舔噬着我们可爱的星球。

2018 年

The Large Glass

《大玻璃》

杜 尚

杜尚的大胆新奇之作。

石　头

石头开花。石头喃喃细语。石头在做梦。
石头无所期待。石头从不哭泣。
石头诉说着时间的秘密。石头沉默。
石头是凝固的流动。石头坚硬，在上面我们种植脚印。
石头分享岁月，白天和夜晚。石头像鸟一样渴望飞行。
石头让脚趾疼痛。石头会突然击中你。

2018 年 4 月 5 日

电影与世纪的风景

> 可怕的事实
> 在我登船时就已知道
> ——《冰肤传说》

在闪跳的光束中,你会惊讶地发现
人类的面孔被无限放大。熟悉的一切
此刻变得陌生。那些树木,旧公寓
街角的咖啡店。沿雕镂的旋转楼梯上下
墙壁嵌满弹孔。苏格兰风笛。盛大的婚礼
正在进行。或葬礼。利奥德向大海奔跑
威尔斯死去,低语着"玫瑰花蕾"。绿眼睛的
乔沃维奇,把游戏的快感转化为星球的重量
我晕眩着。我是许多人。我不再是个体
我曾虔诚地在座位上,等待着激动人心的
时刻的到来。我们贫乏的日子和人生
裸露在风中,被涂上神奇的色彩。一座教堂
充斥着的欢娱,我们看到神迹,伴着
内心巨大的喜悦:爱情,战争,和希望
我们打着怪兽和巨人,寻找那座末日火山
好毁掉那枚戒指。拯救人类,或困在魔法中

>>>

的公主。奥黛丽·赫本或娜塔莉·波特曼
而库萨克演绎着另类的英雄,让我们再一次获救
生命之墙筑起,"捍卫你的未来",如果我们
仍然有未来。混沌地活着,或清醒地死去
也是一个保姆,慈爱的教唆犯,教我们如何
长大,泡妞,如何偷情,杀人,如何
荒岛上求生。在上面我第一次看到大海
广阔,无限,堆雪的浪花向我们涌来。
这是在写一首诗吗?你问。空白的银幕
正好是一张白纸,我们全部的欲望和情感
被投射在上面。只是在我们出生之前
已经完成,被那只拥有无限魔力的手
但事实上,我们看到的只是这个世纪
被重新塑造的自我。它整合并重构
我们记忆的碎片,善与恶,以及我们
全部的生活轨迹。它是全部。它是我们
唯一的风景。没有其他,只是唯一

2018 年

当风景作为风景

在诸多事物中,只有风景保持不变。
我是说这个词。有时是一些图片。
但它是某些客观物在视网膜上的投射
然后进入/形成意识?或是相反
是由内在的意识在外在的事物中寻找到
符合条件的一切,就像侦探破获一起案件?

福尔摩斯或维特根斯坦。但今天早上
我在读《斜目而视》,斯拉沃热·齐泽克著。
他是一个观察者。观察而不是观看。
有时他拉着洋片。他像一只乌鸦
聒噪着飞过游乐场。但他的模样
更像是一头闯进厨房的熊。舔着蜂蜜。

我们透过别人的眼睛看着世界。
比如身体里的祖先,比如附体的邪灵
弗洛伊德或伊德。对此我们由衷感到快慰。
在一粒种子中,孕育出的不是一棵树,而是
一大片森林。上面栖着很多鸟。
白色的鸟粪滴落草地。马奈带着情人

>>>

和朋友在上面午餐。事实上他们只是
坐在那里，各自把目光投向
画面以外的某个地方。他们是在看着
某个人，或某一片风景？是否知道
他们也正在成为风景，被我们看到。当脱掉
衣服，只是些男人和女人，和我们一样。

我不再赞美风景。而当风景作为风景
它已不再是自在的一切。它被观看
剪裁和评说着。但它必须忍受
让某些人的意识沉溺其中，同样
还要忍受它会进入某些人的眼睛
或取景框中。有意或无意，但必须忍受。

              2018 年

我沉迷于风景这个词而不是风景本身

对于风景,谎言没有任何意义。
(这似乎在表明二者之间没有关联?)
另一方面,所有的风景都是谎言。
它被虚构,装饰和修正,也许还要附上
些许轻信的目光。
我们误以为是在发现。
而风景从不属于自然,只是观念的某种
巧妙伪装,像希腊人的木马。
有太多的病毒侵蚀着我们的肌体。
或计算机。天色现在变得黯淡
仿佛是下雪的征兆。这个世界
或许过于沉闷,但恰好一束光从窗子射入
映在门廊的那双皮鞋上。它无助地
闪着光亮。看上去像是一个谎言。
它去过很多地方。部分与风景有关。

2018 年

风　景

对于风景我有一种特殊的偏爱。
但它被我的鞋子弄脏。
我安抚着它，唱歌或讲笑话给它听。
直到它嘟哝着睡着。我在早餐中
放进了太多的番茄酱，看上去像是辣椒。
我不停地打着喷嚏。云在桌子上游荡。蒸汽机车
已被内燃机车取代。它们在大地上
割裂出一道道口子。"看见那些花吗？
它们可真美"。但实际上它们只是些垃圾。
红雀沉默，像舞蹈鞋。它们是间谍。
不要相信野草莓，尽管它也是红色的。
在这个世界，一切都不再是原来的样子。
我感觉我什么也把握不住。
包括我自己。不知从什么时候起
天下起了雨。窗子被淋湿，变得模糊。
我看不到风景。它在沉睡，像吻过的唇。

2018 年

纳博科夫的蝴蝶

纳博科夫喜爱蝴蝶。他捕捉
并杀死它们。他把它们做成标本
钉在纸板上。这是否在告诉我们
爱是一件残忍的事情?早餐过后
我清洗着碗筷。大海在远处发蓝。
它沉默。我听不到它的声音。也许太远了。
我听到的只是自来水管发出的哗哗声。
我喜爱海。但我无法捕捉
并杀死它。我无法把它做成标本
钉在纸板上。爱有不同的方式。
美也是这样。大海在远处。发蓝
并沉默。我知道它仍然活着。
它沉默着。但我知道它愤怒时的样子。

2018 年

隐匿的存在

傍晚让草地变得窄小。像一扇门。
事物簇拥着带有亲密的敌意。
我一点都不喜欢做梦。我宁愿醒着
凝视着天花板沉思,和空气聊天,或
透过黑暗看着那些隐匿的存在。
时间是生命的灰烬。真理一经说出
就会变成空洞的句子。我的外衣
有几点油渍。在小饭馆早餐时留下的。
冰箱里的牛奶变灰,而桌上的瓶花枯萎。
从存在的意义上讲,它们仍然是自身。
但殡仪馆的死者还是吗?我们被黑暗环绕。
隐喻还是叙事?吸血鬼在水族馆中出没。
他们在上个月得了忧郁症。我并不忧郁。
我习惯了一个人思考。像脚在地板上滑动。
猪安上了翅膀,但只是安上翅膀的猪。
除非它被鬼魂附体,像《新约》中所讲。
我承认愚蠢。我看不见那件新衣服。

谎言一再重复着,但玫瑰花仍然美丽。
带刺,开在屋前的篱笆旁。一切看上去很好。
我们此刻要做的:拉上百叶窗。避开摄像头。
谨慎投资。小心 P2P 陷阱。在蛋糕上燃起蜡烛。
我们起立,唱起了生日歌,然后切开蛋糕
献祭者的身体。一只风筝在窗外飘荡。
是的,生活中到处都是风险,多过快乐。

2018 年

时间与距离 *
——想起理查德·拉塞尔

我的身后是隆起的土坡,或山丘。你可以把它想象成
珠穆朗玛峰。它们在纸上。
坐轻轨的小伙子剥着一枚鸡蛋。
透过车窗,那些花就像是画布上彩色的斑点。一闪
而过。
马克·坦西更多是单色。纸在做梦。
梦见自己变成了一切
唯独不是纸。是否听从了我的建议,
你仍在用手机拍下
流动的街景。世界被物充填着。它在几何式地繁衍。
沉迷在虚拟的风景中,你忘了要去哪里。我也是。
但时间最终会把我们带到目的地。
"我有点头晕。"里奇说。
"旁边的景色过得好快。一切都很美,但如果
从另一个角度看
它们就更美了。"他只是想看那条鲸鱼。
坐轻轨的小伙子
在吃那枚鸡蛋。他背起行囊走向车门。他是耶稣吗?
如果他是,他会对我说些什么?
明净的车窗,亮闪闪的
镀铬的护栏,以及八月的天气,

那些花,在高速的行驶中
融为了一幅完整的画面。似乎提醒着我们,
这个世界很美好。
它是否会唤起生命中的某些欲望?但我们
又将如何证明
内在需求的合理性?我们活着。
交税与交配。变形与变性。
不会有一条通道在大海中为我们打开。河流被蒸发。
思想变得干涸。那些鱼去了哪里?它们穿上了羽绒服
在天上飞?车身轻轻晃动,像那张吱嘎作响的床,
让人充满
色情的睡意。它将载着我们经过权力的楼群,
欲望的码头
和思想的废墟?城市膨胀着,排挤着幻象。
资本的集装箱
被绞刑架的吊车高高吊起。生活令人厌倦。
怎样才是另一个角度?
当飞机撞向丛林,雷达上听不到声音。
鲸鱼仍然在海中
背着它死去的幼崽。距离产生意义,和美。吸血鬼
讲述历史。
他吸食梦想。时间需要填充。但列车无法驶出

它的边界。
我知道这个夏天你做了什么。这一刻我觉得我睡着了。
但没有睡。只是望着窗外,头脑里掠过
一些支离破碎的句子。
像风吹过幽暗的树林(但丁经过的?),地上落满的
细碎枝条。

            2018年8月24日

*

写这首诗，缘起我在网上看到了这样一则新闻：理查德·拉塞尔在机场工作，是个做着普通工作的普通人。但有一天，他偷了一架飞机飞上了天空。在和航空塔台通话时，他交代了偷开飞机的动机，是要在空中观看一条背着死去幼崽的鲸鱼。在饱览大地美好的景色后，他任由飞机坠毁。他是在用这一行为为自己平凡的一生划上一个不平凡的句号。这首诗中有两个不同的场景，一明一暗交替出现，一个是新闻中的美国人理查德的事件，另一个是不知名字的乘坐城市轻轨的中国年轻人。理查德的生命画上了句号，而中国年轻人的生活则是未知。这让人联想他未来的命运，由此引发对人生对命运的思考。两个场景通过观察和思考的"我"联系在一起，产生出张力。

紧急下潜

有谁会在意一只虎皮斑纹贝的安危?
有谁会在意阿米巴虫在未来是否存在?
大海道路一样展开。前面是沙子、尸骨和路障。
探照灯交替的光束在头顶上晃动
分割着黑暗,然后是更深的黑暗。
我们必须沉潜于其中,警惕着任何一点
未知危险的数据。我是一头鲸。确切说,是大型的
甲壳类动物。我接受着来自宇宙深处的指令
那无法挣脱的克洛托之线。不要说话。安静。
闭上你的鳃。声呐紧张地捕捉着潜流、鱼群的低语
和珊瑚摇曳的声响。墙上贴着昨天明星的海报。
桌子上是咖啡的污渍,半打开的海图和航海日志
和用过的餐具。罗盘停转了,指针固执地指向上帝。
深些,再深些。下潜到生命无法达到的深度。
"死亡让我们警醒。"但此刻我们还活着吗?事实上
我们只是呼吸着的化石,栖息在幽深的海槽,这里
心跳成为最美丽的光点。冰山在头顶上坼裂,直到
未来的某一天,某个潜水的男孩惊喜地发现我们。
下潜。深些,再深些。到达生命无法达到的深度。
如果你还活着,忘记咳嗽,天空,和你的外套。
透过时间的缝隙,你会看到一群群彩色的鱼
在你周围游动:一个美丽的新世界诞生。

2019 年

Battle scene from the comic fantastic opera

"The Seafarer"

《喜剧式的幻想剧"乘船"的战斗场面》

保罗·克利

克利是我最早接触到的西方现代画家。
那是1982年,
在朋友家看到他的一本国外出版的画册,
让我感到震惊。
他技法纯熟,但画风稚拙,带有游戏意味,
对我近年的创作颇有启发。

静止的画面

美丽的树篱。从灰色变成白色。
鸟儿们蓦地射向天空,像密集的子弹。
冬天是一幅静止的画面。我用脚步
丈量着这一片孤寂的风景

却忽略了那页 A4 纸空白的存在。
它会无限延展着,直到最终背离我们。
不要和我说,"我不知道发生了什么?"
或是"没有任何事情发生。"

雪是冬天的名片。它常常在不经意间
出现在我们的客厅。我的一只鞋子湿了。
我知道,如果此刻我画一幅窗帘(像帕拉修斯)
一切就会消失:雪,街景,树影模糊的天空。

不知不觉已到了老年。我感到羞愧。
仿佛在高速行驶的列车上,事物
飞快地从车窗外闪过。你来不及
看清它们,更是无法说出它们的名字。

甚至没有时间发出一声叹息,当
让人遗忘的冬天在人们的头顶狂暴地肆虐。
你探究事物隐秘联系和命运的塔罗牌
告诉我,那只雪球最终会滚向哪里?

            2019 年

"今夜,月亮像一只飞鸟"

今夜,月亮像一只飞鸟。
它很孤独。它独自哭泣。它找寻着回家的路。
尼安德特人用冰斧猎杀着嬉戏的海豹。
裸体女人的招贴画挂在罗马公共浴池的墙上。
变成麦克风和高音喇叭的独裁者唱着安眠曲。嗨C。
他们热爱秩序而痛恨混乱。
悲伤的话语,用欢乐的方式说出。反过来也一样。
焚书的火焰有更美丽的翅膀。
贝格勃劳凯勒啤酒馆的墙壁坍塌。
有时,死亡看上去并不那么严肃。
它显得卑微。奥斯维辛在积雪中凝缩成盆景。
德古拉、弗兰肯斯坦和玛丽喝着伯爵红茶。
它有着血一样的颜色。血腥玛丽
还是玛丽·雪莱?历史折叠成一册书。
它由污渍,谎言,和灰尘堆砌而成。
一场场雪落下,然后融化成水。
一个个王朝坍塌,但河流仍在绕着山峰盘旋。
这些是我的内脏和血管。
它们玷污着风景。也被风景玷污。

我们的故事将会是未来的传说。肮脏的那种。
我们活在这个世界,迟早要为它付出代价。
我们没有出生就已经变老,没有品尝到快乐
就已经饱受辛酸。
此刻我在雪地上走着,看着月亮。
哭泣。疲惫。它栖息在电信大厦的楼顶,像一只飞鸟。

2019 年

丧尸乐园

丧尸们来了。它们成群结队
像是来参加快乐的派对。这是它们的狂欢夜。
它们早已盼望的一天。
它们等待得太久了,以至忘记了
要来做些什么。同样它们压抑得太久
以至失去了它们的本能。
它们来了。成群结队。它们竟错误地认为
它们是来参加快乐的派对。
它们礼貌地邀请我们,和他们一起跳舞。
它们的舞步看上去笨拙而古怪。
它们惊喜地看着圣诞树,和上面金色的铃铛
(可是想起了失去已久的童年?)
它们沿着楼梯的扶手滑上滑下。
它们喝光了所有饮料和啤酒。它们开始
和姑娘们调情。女招待穿着比基尼
托着盘子在走来走去。它们小心地修剪着
尖利的指甲。用欧乐-B牌漱口水漱口。
往身上喷着迪奥牌香水。它们翻开一本诗集
(《如你所见》,自费印刷)

抱怨着诗人写得晦涩。最后他们全都
爬上了席梦思软床睡着了。
这是它们早已盼望的一天。
这是它们的欢狂夜。
他们感到幸福而满足。

2020 年

保罗·塞尚

那座山因你而不朽。
你知道，我说的是圣维克多山。
它仍然矗立在那里。但你给了它生命，
而它是你的墓碑。你的水果们也将永远存在
新鲜而多汁，谦卑地抗拒着时间。
我想象着你的老年，原野间一个孤独的身影。
你的朋友左拉认定你是失败者。孩子们
在身后朝你扔着石头。你的衣服破旧
像那个即将谢幕的世纪。总是这样。
也许这是所有先行者的命运。他们改变着世界
却无法医治世人的愚蠢。我说得太多了。
或许我该沉默，变成石头，或你笔下的静物？
我们宁愿用一块骨头，来制止狗的狂吠？
哦　去掉学院式的优雅，我们都会朝着墙根撒尿。
文森特割掉了自己的一只耳朵
他的星空让我晕眩。肖斯塔科维奇用音乐来表达
对未来而不是暴君的期许。而我拿起一只苹果
（来自伊甸园，还是你的画？）
慢慢地咀嚼，品味着来自永恒的芬芳。

2020 年

贰

波洛克是我最喜爱的抽象表现主义画家
他的天才创作进一步证明了无意识在艺术中的重要性

诗歌作为一种生存状态或我的诗学观

我一向以为，诗人不宜过多地谈论自己的诗学观念和立场，通过他的写作自然地体现出来不失为一种更好的方式。如果一个诗人的创作不能体现这些，或者说，他所宣称的诗学观点和他的实际创作并不一致，甚至相互违背，那么这些充其量是空洞的说教，甚至是一种自我炫耀，对诗学建设不会产生任何实质性的影响。

但另一方面，诗学观确实会对一个人的写作产生某种影响，至少会成为他在写作时所追求的目标和理想的境地，如果他的写作是真诚的、非功利化的。这样可以避开来自各个方面的干扰，更加坚定自己的写作立场。因此，从这个意义上讲，确立和完善自己的诗学观不但必要，而且迫切。

当然，一个人所强调的诗歌观更多与自己的写作有关，除了部分写作原则之外，更多属于写作策略。造成诗坛混乱的一个原因是，有些人把自己的写作策略当作写作原则，强加给别人或用以衡量和批评别人的写作。即使是写作上的原则，似乎也存在着个人原则和整体原则之分。正是出于对诗歌的不同理解，出于各自不同的原则和策略，才会产生不同的流派和风格。因此，在谈论自己的诗学观念和立场时，更加应该小心翼翼，尽可能避免绝对化的问题出现。

对我个人来说，诗歌所表现的无非是我们的生存状态，也是自我救赎的一种方式——尽管不是唯一的方式。在纳粹大屠杀的惨剧被披露之后，有人提出这样的质疑，奥斯维辛之后，诗歌是否应该存在？在汶川发生了大地震之后，又有人提出了类似的问题。这个问题的确发人深思，但我想，提出这个问题的人的本意并非真的要取消诗歌，或怀疑诗歌存在的必要性，只是希望诗歌在面对人类的灾难时能够更加有所作为。也许是对于质疑的回应，我们看到，关于地震的诗歌铺天盖地而来。一般来说，我不反对诗歌对时代重大问题的发言或是介入，但这些应该是诗歌的部分功用而非全部。我对那些表达自己对灾难表示同情的诗人们充满着敬意，但同样应该指出，通过诗歌来表达这些并非唯一的，同样也算不上最好的方式。诗人无疑应该对时代、对生活敞开心扉，这甚至是衡量诗人之为诗人的一个重要尺度，但诗歌的本质还是应该抒写自己的内心，通过这些表现我们的生存状态，对我们生存着的世界传情达意。我相信老奥登所说的，诗歌不会使任何事情发生。或者说，诗歌甚至不会阻止任何事情的发生。我们曾经面对二十世纪人类所经历或正在经历的各种苦难和困境，诗歌不能也无法担当起拯救世界的使命。我们一方面不应对诗歌提出过于苛刻的要求，另一方面，也没有任何理由使诗歌沦为一种智力上的消遣和语言上的游戏。诗歌来自诗作者的内心并作用于读者的心灵，它在最大程度上体现了我们的所思所感，我们的欢乐、痛苦和渴望。确切说，它是记忆的艺术，它拒斥遗忘，拒斥时间和时间所带来的变化，在某种程度上，它为我们提供了活下去的理由和勇气。

表现或揭示我们的生存状态意味着什么？我想无非是通过这些琐细的、日常的事件和细节来展示我们真实的生存处境，展示我们对于时代本质的观照和体认。一个严肃的诗人，无论他写些什么或怎样去写，从根本上讲都应是对这个时代、对我们生存状况的回应。这一点从所有优秀作家的作品中都可以看到。诗歌中的日常性一直受到指责，至少没有引起足够的重视，罗兰·巴特在《文本的愉悦》中就曾谈道，人们之所以对一些细枝末节比如时间表、习性、饮食、住所、衣衫之类具有好奇心，因为这些能引出细节，唤起微末幽隐的景象。他说瑞士作家艾米尔的日记出版时，一些日常细节被编辑删去，诸如日内瓦湖畔各处的天气，只剩下一些道德冥想，"可恰是这天气韶华依旧，艾米尔的哲学早已成为枯木朽枝了"。

在一次发言中，我提出坚持一种纯正诗歌写作的主张。这种纯正诗歌并非就写作风格而言，更不是反对风格的多样化，而是说要用一种严肃的态度来对待诗歌和诗歌创作。纯正诗歌应该是发自心灵深处真实的声音，用叶芝的话说，就是以"充分理解生活，具有从梦中醒过来的人的严肃态度"来进行写作。诗歌可以尝试使用各种方法，但最终应该是一个人心灵的产物，应该表现我们的生存处境和当下经验，不论这经验是直接还是隐含。

从这个意义上讲，真实在我看来是至关重要的。真实首先是内心的真实，一个诗人，必然真诚地面对世界，面对自身，然后才能在自己的作品中达到这种真实。诗歌中的真实与审美并不矛盾,恰恰相反,诗歌的真实最终是通过审美来实现，并能使审美获得更为坚实的基础。我曾经把真实称为诗歌的伦理，如果诗歌真的具有伦理学的话。正是这种对真的向往和追问使得诗歌和哲学与宗教产生出某种关联。另一方面，诗歌达到真的境界是通过直觉、形象甚至细节达到的，而不是其他。正是出于这样的考虑，我力求写得质朴和直接。如果它们不是优秀诗歌中的主要特征，那么也会是这些诗歌中的重要品质。这样的品质我们在古今中外很多优秀诗歌作品中都可以看到，如《诗经》《古诗十九首》和陶渊明的诗歌，也同样体现在荷马、维吉尔、但丁、叶芝等人的诗歌中。

诗歌作为艺术，有着自身的独立性，有着自身的规律和规则。诗人所做的，也只是尊重并完善这些规则，使它自身变得更为完美。我反对让诗歌沦为其他对象的婢女，无论对方如何堂而皇之。但无论如何，诗歌如果与我们的生存无关，与我们的时代和生活无关（哪怕这种关联是在一个更深的层面上的），那么它的存在就不会有更高的价值，也就不值得我们为之付出心血了。

诗、语言及其他

一首诗是什么？了解诗的外在形式的人往往通过字词的排列方式便可以判断出这是一首诗，或是别的什么。当诗不是分行而是按照散文的格式出现时，判定这是否是一首诗就需要对诗的本质有一种更明确更深切地把握了。当然这仍然无助于说明诗是什么，只能判定这是不是一首诗。

对于一个不识字的人来说，一首诗只是一堆看上去分辨不清的文字，而对于压根不知道文字为何物的人来说，这也只是白纸上的黑色斑点。对于一只蚂蚁来说，这又是什么？它会有白和黑，以及纸和油墨的概念吗？

当我们想告诉一个从来没有见过苹果的人什么是苹果，最直接的方式是拿起一只苹果给他看：喏，这就是苹果。如果想要他更深入地了解苹果，那么最好让他吃上一口，甜甜的，酸酸的，多汁而可口，但他能够知道苹果的成分及作用吗？

假如对方既不知道什么是苹果，也不了解我们使用的语言，当我们拿起一只苹果给他看时，他会怎么想呢？茫然而露出困惑的微笑？

一首诗写好了，如果没有人去读，那么它也只是一些文字的堆砌。只有当它一字字或一行行进入读者的大脑时，它的意义和内在结构便开始显现，并唤起读者的经验和美感，这时一首诗才算真正完成。但假如读的人只是识字却从来不知道诗为何物，他会做出怎样的反应？也许在他看来，这什么也没有说，或只是一堆美丽而无意义的废话。但他会产生有关"美丽"的想法吗？如果他认定这"无意义的废话"是"美丽"的，那么是否说明他已经读懂了这首诗，只是他自己意识不到而已。

一首诗的核心或本质是什么？是否是称为"诗意"的东西？如果一首诗被认定为没有诗意，那么无异于是对这首诗宣判了死刑。"这不是一首诗。"但这在语言上又会产生出矛盾，想想看，当我们拿起一只苹果告诉别人说,"这不是一只苹果",情况又是怎样?特殊的例子是我们拿起一只苹果的模型,或指着画布上的苹果这样对别人说。但这已经超越了一般意义上交流的范畴。正如马格利特在画布上惟妙惟肖地画出一只烟斗,然后在下面又加上一行文字:这不是烟斗。

如果我们不是把这看作是一种艺术上的表现,而只是一种日常性的交流的话,我们或许会认为他的精神出了毛病。

或许,艺术的表现正好在于打破或超越日常的规范?

诗人在写作时总会设想某个较为具体或不那么具体的倾诉对象,清晰或模糊,熟悉或陌生,这就如同堂·吉诃德在骑着瘦马行侠仗义前把邻村的丑姑娘幻想成高贵的公主(当然也美丽),使她成为自己建功立业的动力和爱慕的对象。或许大众只是这样一个符号,被幻化成为具体对象的一个种群。但仍然是虚幻。

天才最初的意义是被神明附体或得到神助。在史诗的开篇，诗人总是向主管艺术的缪斯或更高一级的阿波罗祈求灵感。据说灵感像一阵微风，它吹来时诗人们便可以不费吹灰之力地写出辉煌的诗句，事后连他们自己也会感到惊讶。作为诗人，他们存在的全部意义就是成为神与人沟通的中介或灵感的通道。那些本不属于他们的诗句源源不断地通过他们手中的笔流泻出来，像自来水一样。他们无疑会因此获得巨大的名声，但他们还会体验到创造的快感，那种孩子们在沙滩上面筑塔或木匠在屋檐上雕刻出美丽花纹的快感。他们的快感只是作为读者的快感，是读到一首别人写的好诗的快感，如同我们用笔抄录下但丁等人的诗句。但这种阅读上的快感能抵得上创作的快感吗？也许他们能够得到的唯一补偿是他们可以在那些本不属于他们创作的（神明的）诗句上厚颜无耻地署上自己的名字，而作为抄录者的我们却不能。

当然，我们也可以把天才的快感理解为等待情人的快感。他或她能否来？什么时候来？他或她长得什么样子？开着什么牌子的车或穿着什么牌子的衣服？诸如此类。情人可以暂时同我们交融，却仍然是他者。在这一点上，和天才在灵感状态下写作是一样的。

在一首诗中，一切皆可发生，或一切都已发生过了，但在现实中一切却还没有发生。不，在现实中诗也正在发生，或已发生过了。

语言有时是一种符咒——这在神秘主义教义中并不陌生——它可以召来并不存在的事物。威尔斯的一出火星人入侵的广播剧给当时的英国造成了全面的恐慌，人们真的以为火星人来到了地球。外星人没有来，但语言至少唤来了对火星人的恐惧。这种恐惧是真实的，和真的火星人入侵别无二致。

巴别塔的传说。当人类要造一座通天塔，上天便加以阻挠。他让不同人使用不同的语言，使人们最终无法沟通。

这传说有多重的寓意，包括人类要努力超越自身，超越自身的限制，或人类表现出的贪婪和狂妄，但最重要的一点仍在于语言。其实这传说中的上帝未免多虑，因为在人类出现时，就注定了通天塔不可能完成。想想看，即使人类当时使用一种共同的语言，或者说有翻译这一行当的出现，但他们之间的不同认识、趣味，尤其是不同的种族和利益，所造成的隔膜将会远比使用不同语言要大。人们漠视真理，对先知视而不见，甚至把他们当作异教徒烧死，完全不是出自语言外部的原因，而在于语言的内部。

混乱存在于语言的内部，或在使用同一种语言的不同的人那里。

经验可以借用，即把此经验用于彼，小经验用于大，但不能虚构。情感可以夸大，但同样不能虚构。"白发三千丈"是夸张，但不能说是虚构，因为这里传达出的是情感而不是在描述事实。

艺术家追寻的永远是个性化的东西。比起任何人,他们更加关注具体的、变化的事物。他们描写的永远是一间个别的房子,墙皮剥落,鲜红的屋顶在岁月中变成黑色,而不是抽象的所有"房子"的概念。他们更容易被一张活生生的脸(含着忧伤或喜悦)所打动,也不是脸的全部集合体。即使是在描写时集中了同类事物的某一些特点,那么目的也是为了形成一个独特的而不是普遍的形象。因为那些瞬息变化的、易逝的东西比起抽象概念或理念更能使他们浮想联翩,虽然这些只是时间中的一个个点,却联结着过去和未来。叶芝说过,"如果我们眼光敏锐,会发现没有两朵鲜花是一模一样的"。在诗人眼里,每一朵玫瑰都是有生命的,有生命的东西是不会雷同的,它们有着自己的色泽、自己的样式、自己的呼吸和自己的话语,然而,这些只有少数心灵敏锐的人才会感觉得到。

一首诗不可能完全没有技巧。完全没有技巧的诗并不存在。只是一首好诗使人感觉不到技巧的存在,或是使人干脆忘掉了技巧。

一首好诗除了隐藏起它的技巧外，另外的一个原则是决不滥用技巧。

　　这两种原则最好的范例就是陶渊明。陶诗很难供专家们口沫横飞地做技术层面的分析，而是让人用心去读，去感悟，每一次阅读都会有新的体会。

诗的断想

意 义

意义是什么？当我们说杯子是用来喝水的，这是意义吗？如果是，那么它是基于一种实用性，亦即意义是由人赋予的，并带有通用性。人生或生命的意义也是如此，无非是让人们更好地去适应规范。一旦需要发生变化，意义也会由此改变。譬如当我们发怒，摔掉杯子表达情绪或直接将杯子砸在对方的头上。而一首诗的意义在于审美，如果说这是它存在的意义，那么这也只是出于形式，也只能出于形式。艺术除了审美并无其他用途。还是说杯子。当我们不再考虑它的实用性，只是从审美的角度看，它就变成了一件艺术品（好坏另当别论）。而美是不存在意义的，美的意义就是它自身。

按照哲学家的说法，意义只是逻辑世界的意义，或者说，它是逻辑世界的产物，那么它也只能归属于这个逻辑世界。非逻辑世界是否会存在着意义？我想是不会的，如果那样，逻辑世界就不复存在了。

但诗是在逻辑世界之内还是之外？还有语言？如果说诗部分依赖于逻辑，它会有意义存在吗？如果诗并不依赖于逻辑，那么意义还会存在吗？

因此，当我们谈到一首诗的意义时，我们谈论的真是意义吗？或者只是一个借用，或比喻？就像是在说，我们谈论的只是相当于在逻辑世界中的意义？但说到底，它们应该是不同的东西。

或者说，当我们说人类的呼吸是呼吸，然后又说植物也在呼吸，但二者是一回事吗？它们的共同之处又在哪里？

对意义的否定

禅师们被后学问到禅的奥秘，他们总是有意采用各种不同的方式加以回避或阻拦，如沉默，岔开，答非所问，甚至棒喝。因为在他们看来，禅的奥义在逻辑和语言层面上无法表达，甚至说出来就是错误。这些也许就是维特根斯坦划分出的不可说之列。

他们所有不同方式的回答都是在抹煞表层的意义（并不仅仅是回避问题）。当意义在现有的层面上被取消，人们意识到他们的问题没有意义，或无法探究根本，那么他们将上升到更高的层面去寻找答案。

如果宽泛地看，对意义否定的同时又会产生出新的意义。

思　想

思想并不是用语言来表达的。这意味着思想并不先于语言，即有了某种思想，然后去寻求语言的表达。思想就是语言，就是语言本身。就像一首诗的内容和形式，我们都会以为是前者决定了后者，或后者表现了前者，其实一切只是形式自身。

当一朵玫瑰花放在我们面前，我们如何判定哪一部分是它的内容，哪一部分是它的形式？它只是由色泽、香气和花瓣按照某种结构进行的特定排列。

抽象绘画

抽象绘画剔除了表面意义，不再画戴珍珠耳环的少女，挤奶工，以及草地上的午餐。也不再摹仿自然，去画山、水、花卉和静物，而只是用色彩和线条来充填画面，在这里画家是在扮演上帝的角色，从虚无中创造出一个人们感到陌生的世界。

抽象有时仍然与自然保持着某种联系，对事物进行宏观和微观处理。更为纯粹的抽象则是抛开这些去自由地创造。

在我看来，抽象绘画不是描绘已知的世界，而是对未知宇宙的一种呈现。

抽象不是取消形象，而是发掘形象最本质的一面，提取最基本的要素（点、线、面、色彩等）。更重要的是，抽象改变或取消了事物原有的形态，切断了传统意义上能指与所指的关系（例如，玫瑰花＝美或爱情），让人们通过经验和想象重新构建所指，或使之无法达到所指，让它悬置起来。

抽象的方式可分为：1.简化。2.变形。3.拼贴。4.宏观处理（例如从飞机上俯瞰大地）。5.微观处理（例如显微镜下的一朵花或一粒沙）。更加纯粹的抽象是伴随情感的自由挥洒，变成更纯粹的形式（就像音乐），更接近自动写作。

抽象本身不是目的，目的是内心的自我表达，或揭示被忽略的存在和呈现无意识。

抽象绘画的本质甚至不在于抽象本身，而在于无意识的运用。

诗的标准

诗有标准。若无标准，何以去判定优劣？但诗随时代而演变，标准也会随之调整。我反对绝对的标准，如同反对取消标准。标准一旦绝对化了，带来的害处并不下于前者。

偏 见

说服一个无知的人容易，但要说服一个无知而又带有偏见的人就很难，尤其是受过教育而又无知且带有偏见的人。

诗人与诗

"如果我不首先是一个人，何以成为逻辑学家？"（维特根斯坦）同样，如果不首先是一个人，何以成为诗人？

写作的目的是记录生活吗？人类的整体生活或某个个体的生活？还是他们内在的情感，这些隐秘、复杂、不断变化着的而又难以捕捉的存在？记录下这些的目的又是什么？揭示或发现？仅仅是为了满足我们对生命的好奇吗？还是为了改变它们？

艺术作品不是被形式包裹着的内容，也不是包含着内容的形式。二者是同一的，一体的，根本无法区分。二者的关系不是篮子和水果,而就是水果本身。

不可言说之物

不可言说之物是维特根斯坦要回避的,却可能正是艺术要表达的。

真理与艺术

真理存在于悖论中,也只能在悖论中存在。

悖论是二元的,又是反二元的。

真理产生于悖论。艺术也是。

肯定中包含着否定。否定中包含着肯定。也许这二者根本就不存在,只是无限的可能性中的一种。永远处于变动之中。

想想薛定谔的猫。在打开之前处于一种非生非死的状态。

在是与不是之间滑动，游离，唯其不确定，才具有诸多可能性。

因此任何一个提法都是片面的，因而是不完善的。

真理是面，是诸多的面。它是立体的，具有空间的多维性。

说艺术是再现只是其中的一个点，说艺术是表现也只是其中的一个点。这只是局部认知，而不能代表全部。

艺术既非再现，又非表现。艺术是呈现。

对面的呈现，或对空间的呈现。

因而，艺术和真理在这一点上具有了同构性。

曲园说诗

现　实

有两种不同的说法在很长时间内被混为一谈。文学是现实的反映和文学反映现实。前者是对的，而后者在一定程度上是对的，有时却未必如此。同一时代的作家在他们作品中所呈现给我们的现实是不一样的，如乔伊斯和卡夫卡。什么是现实？现实一直被认为是客观存在，如维特根斯坦所说，世界是事实的总和而非事物的总和。但真的有客观这种东西存在吗？任何事物，一旦进入人的意识，不可避免地会带上主观色彩。文学来自现实，而作者哪怕真心实意想反映这种现实，也只能是他所认为的现实。事实上，在文学中明确提出反映现实口号的只有现实主义，而之前的浪漫主义和之后的现代主义都与之不同。后来有人提出广义的现实主义，用以涵盖整个文学创作。但既然全部文学都是现实主义的，那么这个提法还有必要存在吗？作品是梦，是幻象，当然也是现实，但不是人们通常理解的现实，而是内心中被意识过滤后的现实。如卡夫卡、普鲁斯特和贝克特的创作。我的这一说法用绘画来解释可能更为直观。在最初，绘画是有实用的一面，即造像或写真，但这仍然与后来出现的照片不同，有一定的主观因素。而后来就加入了更多的个人理解和想象。到了抽象绘画，现实原有的面貌基本上不存在了，代之的是色彩、线条和符号。但这与现实无关吗？未必。它不是现实，却是对现实的折射，确切说是对现实的重组。文学无不来自现实，但并不一定要摹拟和再现现实。现实一方面为我们提供了创作的素材，另一方面也激励着我们去做内心的表达。无论作家在作品中怎样努力呈现现实，其所展现的仍是心理现实，或表达对现实的理解和感受。提到后现代写作，人们往往会谈到碎片化的特征，在我看来，碎片化也更加贴近我们对现实的认知，其作用无非是为了打破现实的逻辑秩序，从而让读者根据自身的经验和理解去把这些碎片重新组织起来，即按内心的理解和逻辑去构筑出一种现实。

独 特 性

在写作中有要达成的目的，就必然会有达成目的的手段。但很多时候目的和手段的界限并不是那么分明，手段往往会取代目的成为追求的目标。比如形式，比如手法。独特性也是一样。以往在人们的意识里，追求独特性是出于更好表达的需要。但在今天，独特性的重要程度被一再提升，因为在一体化的局面下，只有具有了独特性才真正具有了存在的价值。古典写作与今天有哪些不同？最鲜明的一点是，古典写作更重传承，而在信息高度发达的今天尤其强调独特性。本雅明论述过复制，沃霍尔用复制的方法创造出无数个玛丽莲·梦露。无论他们本意如何，却无疑让我们看到了一个可怕的后果，即艺术作品在今天可以像工业产品一样被批量生产。技术的进步一方面会带来诸多方便，另一方面却也降低了艺术自身的价值。在这种境况下，独一无二就显得珍贵了。要获得这种独特性，就必须区别于他人，即在共性的前提下最大限度地去实现不同。

很多写作都在强调个人化。所谓个人化，简单说就是强调个人经验，但个人经验真的那么重要吗？与其说个人经验重要，不如说它有助于实现独特性，而不尽在于其自身。所谓民族性和地域性的重要性也在于此，也只是写作的策略。正是这种对独特性的追求（个人的、时代的）赋予了它们存在的价值。

基于上面的考虑，写得好与不好（这往往很难区分）已不是那么重要，而独特性或许更为关键。同样，过去人们强调写作要有深度，但没有独特性的深度（来自哲学或科学？）也只是重复或复制，似无法与独特性相比。深度不一定具有独特性，但独特性本身就包含了深度。或者说，独特性本身就是一种深度。

无意义与不确定性

二十世纪绘画一个最显著的变化是抽象艺术的产生。在以往的艺术中，创作总是围绕着具象展开。或表现自身，或使其成为象征符码，却总是离不开具体形象。而抽象艺术的产生省略了具象环节，使作品能够直接呈现作者的内在情感或情绪，从而真正实现了绘画的音乐效果。这很接近瓦雷里曾经提倡的纯诗的观点，却也在很大程度上去除或削弱了通常所说的作品的意义。意义从来都是一个模糊的概念。这里说的意义不是指作品的效果和功用，而是指作品的主旨，或者说是内容所传达出的信息，确切说是作品的所指。这种能指的模糊导致所指的缺失，即我们所说的无意义，也就意味着摒弃了语言的指涉性。这就出现了两个问题，首先是这样做的用意何在？其次是真的能去除意义吗？按照符号学理论，任何事物都可被视为一种符号，而每个符号都会分为能指和所指，简单说，能指是指符号本身，而所指是能指所代表的意义。既然是符号，就不存在只有能指而没有所指的情况。在实际生活中，我们过马路时看到红灯会自觉停下，因为我们知道红灯代表着禁止通行。这是一种给定的意义，指涉非常明确。而猜谜则是把所指刻意做了伪装，故布迷阵，让你透过这些去找出能指。这类实用符号给定的意义必须明确，不然会造成混乱。比如按我们的规则必须右侧通行，但假如我们在日本或英国开车，还是按右侧通行的做法，后果是不言而喻的。而猜谜却完全相反，它需要制造混乱，扰乱视听，这样才会产生难度，难度越大，带来的快感也就越加强烈。如果把艺术作品视作符号，那么它的情况更加接近后者。一方面作品内容本身和意义没有必然或给定的联系，即使有，也是更加隐蔽和随意；另一方面意义也在不断衍生和增殖。举两个例子，一个是《红楼梦》，既可以视为一场青年人的爱情悲剧，也同样可以看成对封建社会没落唱出的挽歌。另一个是哈姆雷特，他的形象和行为动机在不同人那里有不同的理解和解释，而且在不同的时代也有不同理解。作品的内容越清晰、越具体，对其意义的限定范围就越小。人们谈论作品，往往会把简洁作为一种好的品质，这是说作品在能指上做出了简化，而为读者提供了更大的想象空间。如果一部作品，说了很多，但给人带来的内涵（意义）很少，或者是意义过于明显而确定，我们就不能说这部作品是成功的。

苏轼词中写"燕子楼空，佳人何在，空锁楼中燕"，这是用了一个典故，当年一个叫张建封的刺史为他宠爱的歌妓关盼盼修了座燕子楼，苏轼凭吊发了这样的感慨。有人赞他这几句便写尽张建封事。而秦观的"小楼连苑横空，下窥绣毂雕鞍骤"，被东坡讥为"十三个字，只说得一个人骑马楼前过"。这句词在我们看来在描写上也做到了准确简练，苏轼却还嫌包含的意思太少，确切说是不能带给人们更多的联想。宣传品往往是意义明确、单一，以期达到宣传的目的。艺术作品则在有限的形象中包含更多的意味，是笼罩性的，且在不断弥散开来。罗兰·巴特强调写作的快感（愉悦），他提出尽可能延缓能指达到所指的过程，因为只有过程才更加吸引人。就像讲故事，比如《西游记》，如果省略了中间过程，直接写孙猴子在唐僧的感召下，保护他取到了真经，这还有意思吗？当我们明知道结果却还要去读，难道不正是要看作者笔下的人物如何去克服困难（这也是作者在克服困难。写作的要义就是作者为自己设置难度然后克服之），难道不是要从曲折的过程中吸取快感吗？再回到抽象艺术，由于画面采用的不再是我们熟悉的一切，不再是人，动物，山川，河流，田野，房屋，乃至桌子，水罐，那些熟悉的、给定意义的形象被去除了，代之的是色彩、线条和符号，有些像一首歌被去掉了歌词，只是弹奏曲子一样。这样就达到了抽象。抽象在我看来可以分为三类。一是对具象的简化或重新处理。如蒙德里安画的海，或毕加索的一些立体派绘画以及米罗的超现实绘画。二是纯抽象，只是保留了色彩和线条，如波洛克的用喷洒的方式作画。第三类是拼贴，即把毫不相关的事物和形象放置在同一平面。抽象的结果是在最大限度上获取内心的自由，不被外物所碍。然而，如果说意义产生或寄寓于形象，那么取消了形象是否意味着取消意义？这样就会使得意义存在于作品本身，正像斯坦因强调的，一朵玫瑰就是一朵玫瑰、就是一朵玫瑰。也许当我们不再纠结于玫瑰代表什么、象征什么这类的问题时，就会专注于去细细体会玫瑰的色、香、味。回到诗，我们看诗能否做到这一点。诗是词语的组合，每个词语都代表着不同的意义，组织在一起会衍生出更为完整也更加明确的意义。作为最基本的单位，词语显然与色彩和音符不同，本身带有意义，要想达到抽象绘画的效果，就必须打破话语的指涉性。阿什贝利的诗很多人都说看不懂，这是从传统角度来看待诗中所传达出的信息。什么是懂呢？有两种不同的情况。在上诗歌课时，有的同学对我说，他们会被一些诗打动，却无法说出这种感觉。我说这就是懂了。诗的目的就是让你感动，让你沉醉，而不是提供话题让你去夸夸其谈。相反，另一些人读了诗，没有什么感觉，却能分析出诗的主题和手法。这就像把一位活色生香的美女放在解剖台上，我们看到的只是死的机体，而不是气韵生动的活人。当习惯了意义，人们往往用追寻意义代替审美。当在读一首诗时，找到它的意义就以为读懂了，而往往忽略了意义之外的意蕴或韵味。人们抱怨阿什贝利的诗每个句子都很清晰、规范，但合在一起就不知道在说些什么。其实清晰不难达到，只要稍加训练，哪怕是一位初学者都能做到，挖掘一点有深意的主题也并不难。

阿什贝利这样做显然是不想让人读得懂。他的交往圈子中有很多画家和音乐家，包括一些抽象画家，他显然受到其中的影响。他的诗把不同语境的内容靠内在情绪组织在一起，这些不同的内容恰恰影响到明确的指涉，在能指和所指间造成一种阻隔，从而形成一种凌乱美。在我看来，这种凌乱美是对既有写作秩序的破坏，对我们渐感麻木的感官也是一种激活。

这样做的意义何在？这样问本身就很有意思，说明了我们凡事都在讲求意义。在这个世界上，是否存在着没有意义的事情？有些意义其实也只是人为赋予的借口。比如吸烟有助于思考，玩牌是为了健脑，散步是在锻炼身体。也许多多少少会有这些方面的功效，但人们在做这些事情时更多是为了它们自身。只是我们喜欢从功利角度考虑问题，做一件事总是首先考虑有用没用。从这个角度看，哲学是无用之物，诗是无用之物，甚至理论科学也是如此。在人们看来，有意义才有用，或意义就是功用。但他们却忽略了，一首诗的意义同样在于它自身，在于它自身词语的组合、碰撞，在于它给人带来的形式上、韵律上或语气上的特殊美感，也在于它的风格、气质和隐匿的情感和情绪带给人的冲击。我们还应看到，取消意义只是取消了表层意义，而把人们的注意力引向了更深的层面。这就如同禅宗的弟子向老师问什么是禅，老师会用简洁的话语对这个问题进行否定，然后把弟子的关注点引向更高层面的问题。再举个例子，抽象画也通过摒弃具象事物来去除意义，你总不能说抽象画不是艺术或没有价值吧（当然也不乏这样的无知者）。

再进一步说，以往在一首诗中，基本上是由作者给定意义，由读者被动接受。而所谓取消意义，是取消了表层上的由作者给定的意义。这样就给了读者更大的自由空间，聪明的读者会根据诗中词语和情绪的指向重新组合出意义。这是一种在更高层面上由读者实施想象力的结果，每个人可以带入自身的经验和体会。因此确切说，所谓取消意义只是追求一种更大的不确定性。这样做的好处是所谓的一别两宽，既给了作者以更大的自由，来发挥自己的想象,也给了读者以更大的空间想象去创造。

碎片化

古典主义写作讲求完整,完整和完美只有一字之差。而到了后现代,则强调碎片化。这是由对于世界的不同认识而导致的。从个人的经验讲,我们对事物的认识都是零散的、片段的。古典主义依靠理性和逻辑把这些片段连缀起来,而后现代则更加强调碎片自身的意义。

这里要涉及一个叙述学方面的概念,叫全知视角。全知视角是故事的讲述者站在上帝的角度,既知己,又知彼,几乎无所不知。还有一个对立的写法,叫限知视角,就是故事的叙述者只能看到自己能够看到的,只能知道自己能够知道的。比如从阿Q的角度叙述,我们只能知道阿Q的内心活动,却不会知道吴妈的想法。哪种方式更好些?不好说,但后者更加贴近生活的真实。而且在写作中,限定会产生难度,好的作品总是要有些难度的。

碎片化我想也是遵循了个人视角和限定，更加注重真实感。从主观上，我们对世界的认知从来都是局部的、片面的。另一方面，在一个早已进入了多元的社会，没有了中心，事物看上去在分崩离析。就像叶芝在《第二次降临》那首诗中所说：

> 一切都四散了，再也保不住中心；
> 世界上到处弥漫着一片混乱。

当然叶芝只是这样认识，却没有付诸写作。艾略特的《荒原》中倒是有些碎片化的特征。这也许正是这部作品的成功之处。但这也许是删削后的效果，也许是他在写作中无意贴合了后现代的碎片理论。但艾略特的碎片有着神话的框架，使作品有了一个稳定牢固的结构。而阿什贝利的碎片是由不同意群和生活场景构成，却用关联词语将其加固在一个形式框架上，而在另一些后现代作家那里，他们的碎片取消了关联词，只是靠标题提供的语境让读者自己在碎片间建立起联系。

这种碎片化也许向我们暗示生活或人们的意识就是这样。支离破碎，光怪陆离。但进入文本，则另有意蕴。每个碎片都指向某个完整的事物，它们或相近，或相悖。它们互相碰撞，冲突，组合，相斥，往往会产生出很奇特的效果。或者说，这也是对外部世界或内在经验的隐喻。

2019年11月10日

做自己喜欢做的事
——访谈张曙光

问：远人
答：张曙光

远人（以下简称远）：从你的诗歌中可以看出，有一种隐忍的品质在贯穿着你的诗行，我觉得它和你的生活也一定是息息相关的。我想，对喜欢你诗歌作品的读者来说，也一定对你的生活很感兴趣，可以谈谈你的生活轨迹吗？

张曙光（以下简称张）：也许是这样吧，我真的说不清楚。和20世纪50年代中后期出生的人一样，我经历过20世纪后半叶的很多重大历史事件，当然更多是以旁观者，而不是以参与者身份出现。我不知道这些对我的写作有多大的影响，倒是其中的一些个人经历成为我后来诗歌写作的素材。

我出生在一个县城，8岁时离开那里，到了另外一个县城。中间回去过几次，但现在已经有十几年没有再去了。我最初有关童年的记忆是由一所所破旧的房屋、土路，以及在风中嗡嗡作响的电线杆组成，当时我的外祖母每天用婴儿车推我经过这里到医院去打针。我3岁时得了肺结核，很严重，多亏那时有了进口的青霉素，我父母每月的工资都用在这上面了，所以我能够侥幸活到现在。在一年多的时间里，我每天要去医院打针，注射室里消毒的气味至今让我感到很不舒服。当然，最恐怖的还是在医院做X光的经历。那时X光只有哈尔滨这样的大城市才能做，在X光室里，我被放到一架巨大的机器前面，关了灯，只有微弱的红光，冰冷的机器发出匀称的嗡嗡声，一点点地推近，把你夹在中间，这实在让人害怕。我还清楚地记得医院走廊里用彩色灯管拼成的图案，我从小对光和色彩比较敏感。参加工作那年，我和几位朋友从饭店出来，喝多了啤酒，到处找厕所，最后找到了市立医院。在走廊里，我又一次看到了那灯光，认出了这正是我当年去的那家医院，童年的记忆一下子复活了。

也许是因为生病，所以我养成了喜爱孤独的性格。当然有时也会和小伙伴们去玩，有一次，我们跑到我家附近的一所木场，里面长着荒草，高大的锯木架子，一些废弃的圆木堆在地上，开始腐烂。不知为什么，这给我留下了很深的印象。另外还有两次最使我终生难忘的经历，一次是我母亲带我到医院的病理室，我看到了大玻璃瓶中泡在福尔马林溶液里的人体器官。这使我产生了既恐怖又恶心的感觉，这感觉十分强烈，陪伴了我很久。我在《给女儿》一诗中曾经写到过这一点，但这种感觉在诗中并没有完全表达出来。但死亡的阴影从此在我的内心留下了深刻的印记。还有一次，我家临时住在机关大院的一所平房里，门外是砖砌的小路，四处长满了杂草。那时我常在草丛中玩，还会吃一种什么草的草籽，当时还知道名字，现在全忘了。一天来了位客人，和父亲在屋里谈话，我一边在门口玩，一边好奇地听着他们的交谈。那位客人谈到一种刑罚的事情，又一次唤起我那种巨大的恐怖。我有一个小妹妹，小我2岁，现在我还依稀记得她的样子，大眼睛，头发卷卷的，很乖，但她7个月大就死了。她死的时候我在睡觉，一点也不知道，第二天醒来，她就永远消失了。

我小时候和别的孩子没有什么不同，爱听故事，来了人，总是缠着别人讲故事，爱看小人书，不爱上幼儿园和学校，因为我特别不愿受到约束。

"文革"时我有两年辍学在家，因为我父亲的原因，我上学总是受人欺负。人性的善与恶在那时表现得非常突出。有些普通人表现得很友好，而一些平时和我家关系很好的朋友却突然变了脸。作为孩子，我比任何人都充分体会到了世态炎凉。这是我人生中非常重要的一课。以前一些我不认识的人在路上见了我都主动同我说话、打招呼，现在却躲开我，或恶狠狠地骂我狗崽子。我那时就在家里待着，母亲生病，我要生炉子，做饭，我做饭就是在那个时候学会的。有时到街上看看大字报、漫画，尤其对派系吵架感兴趣，当然，也读了很多书。我就像一条有家可归的流浪狗。后面情况稳定了些，我进了中学，中学毕业后下乡，先是在农场，后来到一所民办中学教语文。那时我结交的朋友都比我年纪大，也都是所谓的保守派，在一起无所不谈，你知道，在那时无所不谈意味着某种离经叛道。再后来上了大学，工作，一直到现在，经历过很多事情，但个人生活总的说来还算是比较平淡。

远：作为中国最北方的一个省份，你觉得一个诗人的作品和他所在地域有无直接联系？如果有，你觉得这种联系是如何体现在你诗中的？

张：联系肯定是会有的。前些年我去南方，发现那里的植物葱郁、茂密，我就理解了那个地方诗人的写作风格了。北方整体上说比较疏朗，明快，四季分明，到了冬天，只有黑白两种颜色（可能还有灰色）。我常说北方的景色就像一篇经过精心删削的作文。这些都可能与一个人写作风格的形成有一定关联。

譬如，很多人注意到我诗中经常写到雪。这在北方是很自然的。北方冬季长，有时三四月份还会有雪在下。很长一段时间我也确实喜欢雪。记得肖开愚第一次来哈尔滨，是在 11 月份，他当时很想看雪，但没有看到。送他的那天晚上，火车刚开走，我和朱永良一路走着回家，这时飘起了雪花，让我感到非常遗憾。后来有一年开愚是10月初来的，我和他到一所公园去看俄国人的墓地，在路上就下起了雪，这不仅让他惊奇，连我也觉得不可思议。很多人都谈到了南北方写作风格的差异。北方人的写作整体上倾向于冷静、明晰和节制，据说，因纽特人关于雪就有三十多种词汇，是因为那里长年都在落雪，不同时间和季节的雪都不尽相同。写作归根结底是感性的，是写你熟悉的事物，写你个人的感受，地域色彩不可能不反映在作品中，也会不知不觉地影响到你写作的风格。

远：在你早期诗歌中，有一首《人类的工作》我很喜欢。在你看来，那个"土拨鼠"的工作对人的意味是什么呢？在那首诗中，我感到它对应的部分是非常丰富的，你在写下它的时候，作为作者，你当时想到的是一些什么？

张： 我忘记了这首诗是在什么背景下写成的了。大约写的时候很顺手，因此写作过程没有留下太多的印象。那时我住在楼房里，已经用不着劈柴什么的，但冬菜还是要贮的，但我确实做过那种土拨鼠式的工作。在县城，每到冬天来临前，都要贮藏冬天吃的菜，腌渍酸菜，还要把木柴劈好，堆在一起，准备过冬时用。我做这样的事情很拿手，总是把柴劈得又细又好。"土拨鼠的工作人类都得去做"，大约是这样的句子吧，我想土拨鼠的工作代表了一种生命本能，是为了生存而付出的努力。这与人类的精神活动应该是相对的，却仍然必要。但人类做这样的工作不仅仅是为了生存，也会从中体悟到某种生命的本质，禅宗这样说过：担水砍柴，无非妙道。当然，在写这首诗的时候，我还没有读到这句话。至于"还要学会长时间的等待"，我想这是人类的希望所在吧，但这希望也许是虚幻的，我直到今天也不知道是在等待什么，春天？未来？还是按贝克特的说法，只是一个永远不会到来的戈多？

远：通过对《小丑的花格外衣》的阅读，我感到你的叙述风格差不多从一开始就完全地建立了起来，那种近乎低沉的述说音调给人以很强的震动，这种震动并不是你在写作中用了多大的力，而恰恰是你沉思样的音调给了读者以震动，你是迷恋这种沉思还是这种沉思自然而然地来到了你的笔下？

张：我想你指的是我的那本诗集，而不是那首冠以这个标题的诗。关于这首诗，还有一件你不知道的事情。当时有朋友说你在《湖南文学》（大约是这个刊物吧）编诗，要我寄诗给你，我就选了这首诗，写好了信封，但压了很长时间也没有寄出。因为我没有把握刊物能不能发这么长的一首诗。后来也许寄了，可能那时你已经离开了那家刊物。

至于说到叙述风格的建立，可能是经过了一个很长的过程。在接触到现代派诗歌后，我有很长一段时间没有写诗，主要是读些东西，寻求自己的变化。事实上也写了一些，但都不满意，没有拿出来。我大约用了几年的时间完成了一次蜕变。结果就是写出了《1965年》这类诗。有趣的是，当时很多人写作受到朦胧诗影响，我个人也比较喜欢北岛的那种节奏感很强的调子，但就是学不来。我当时觉得写诗最难把握的就是语气和节奏了。现在看，这种类似说话式的音调可能更适合我。至于沉思的调子，我想是在20世纪90年代以后有意逐步加强的。是的，我迷恋这种沉思的调子。

远：在生活中你也是倾向于沉思吗？或者说，你愿意在诉说和沉默中选择后者？

张：也许是后者吧。我说不太清楚。沉默的人往往意识不到自己的沉默，正如多话的人也往往意识不到自己的多话一样。去年我去河南开会，蓝蓝就说我的话很少，我说我说得不少啊。但我确实不是一个善于聊天的人，有时候找不到合适的话题。事实上，我也不是一个喜欢沉思的人，闲下来时，我宁可看些东西，书或者影碟之类。在这方面，我更像是胡塞尔的信徒，只是看，不去想。但我确实喜欢那些带有沉思性质的作品。

远：你的诗歌品性我觉得和里尔克有些近似，你觉得翻译他的作品和翻译米沃什的作品有什么不同吗？或者说，你认为这两个同属20世纪伟大行列的诗人，他们在本质上有什么最强烈的区别？你个人更喜爱哪一种？

张：里尔克和米沃什的作品都带有某种内省性。但里尔克的艺术家气质可能更重些。他的诗一个与众不同的特点是从心灵深处流淌出来的，细腻而敏感，作品也写得极为精致。而米沃什则把对自我的内省放在所处时代和人类罪行的大背景下，他的诗代表了知识分子的责任感和良知,语言也更加质朴。总之，在他们的作品中，都能找到我喜爱的因素。可能后来我喜爱米沃什多些。

远：是什么原因促使你走上翻译这条道路的？你的第一首译作是什么作品？是你现在倾注了很多

心血的米沃什的作品吗？

张：这也许是一个误会，我是说我走上翻译这条路。我的外语并不是那么好，但另一方面，翻译诗歌，我想更多地依赖于对诗的理解和语言的表达能力，在这方面我恰巧还有一点优势。我最初译诗是为了读诗。你知道，在20世纪80年代初，我们对国外诗人的译介还远远不够（即使在今天我想仍然是这样），没有更多的译诗（无论好坏）可读，要想读到一些国外诗人的作品，只有靠阅读原文。在1985年，我的朋友金雪飞到美国留学，我就陆续托他复印了一些诗人的原文寄给我。这样，我先后得到了斯奈德、勃莱、特朗斯特罗默和米沃什等人的诗。我一直有这样一个看法，可能有的人不会同意，但我确实是这样看的：如果要更好地了解一个诗人，当然要读他的原作，但如果要在写作上借鉴他，那么译成你所使用的那种语言是非常必要的。我不是说阅读原文就不能更好地借鉴，但毕竟是两种语言，至少你在借鉴时，在你的脑子里是要对原文的语言进行一下转换的。

我译的第一首诗大约是斯奈德的，那时我正在读禅宗，很喜欢他，就托雪飞复印了《龟岛》和《砌石》。也译过特朗斯特罗默的，开愚看了，就推荐发表到《星星》诗刊上。我还译了一两首奥哈拉的，以及勃莱翻译的拉美的一些诗人的诗。这些都没有发表过。我译的东西只是供自己参考，偶尔也给一些朋友看，有的就这样发出来了。譬如，我译里尔克大约是在20世纪80年代末，开愚用在了《反对》上面，后来臧棣要编《里尔克诗选》，写信跟我要，我就把《献给奥尔浦斯的十四行诗》全部译出给了他。

米沃什那时我译过一些，并不多，有一首长诗发在《九十年代》上。2000年姜涛受人之托，要编一套译诗集，要我译一本米沃什，我就新译了一些。但这个计划很快就流产了，正好楚尘要编一套现代译诗，我又赶译了一些，凑成现在的样子，给了楚尘，由河北教育出版社出了。这些诗译得很急，量又大，有些错误，去年我又在开始补译和订正，后来到了学校，忙着备课，就放下了。说到倾注更多的心血，确切地说应该是《神曲》，前后一共花了三年多的时间。

　　因此，对我来说，翻译是不得已而为之。因为做的人太少，所以我才得以混迹其间，滥竽充数。我一向以为，翻译诗歌可分为学者型和诗人型两种。学者型的译诗比较严谨，但可能像美国诗人和翻译家罗伯特·勃莱批评的那样，带有学究气，结果把诗意给弄没了。诗人型的译诗则更注重语言和表情，读起来更像是诗，但也许会有些误读误译。一个共同点是，双方无疑都在关注翻译的准确。但说到准确，我以为很难做出一个严格的界定来。什么是准确呢？仅仅是把诗表面的意思和句子的语法关系准确地表现出来算不算就是准确呢？也就是说，这些与对风格、语气和节奏（也可能包括保持词的原有重量、简洁有力和新鲜感）的准确把握和传达孰重孰轻，可能正是两种不同类型的翻译各自偏重的。

　　远：你翻译了那么多诗人的作品，作为译者，比一般的读者要更深入地进入那些大师的语境当中，但你自己的写作在语调上几乎看不出他们的痕迹，你是否从未感受过那些大师的压力和他们的影响？

张：影响还是会有的。这种影响应该说必要而有益，也正是我所希望的，但压力似乎谈不到。因为我从不奢望和大师们比肩而立，摆出一副所谓的忘年交的姿态。我对出名这种事一向看得很轻，我这个人做事有时就是兴之所致，很少有明确的目的性。在我看来，写作最重要的是要传达出自己内心的真实感受，其他都是次要的。另一方面，我觉得无论大诗人还是小诗人，都应该有自己的尊严和独立存在的价值。

远："意译"和"直译"是翻译界争论不休的话题，你是如何来看待这个问题的？

张：我是主张直译。形式不存，意之焉附？同样道理，对于艺术作品来说，离开了原有的形式，意还会是原来的意吗？因此在翻译时，我力求保持一种客观性，避免把自己的习气带入其中。但事实上可能做不到这一点。譬如，我译的里尔克，或是但丁，有人就说过带有我本人的语气。也许这话是对的，但这可能是不自觉的，而绝非我的初衷。我想无论谁翻译或翻译谁，都应该让读者看到原作的本来面目，都应该尽量尊重原有的形式和风格。苏曼殊用七律译拜伦，或钱稻孙用离骚体译《神曲》，说实话我都不很喜欢。无论翻译和写作，最忌讳的是逞才使能。但丁不是屈原，拜伦也不会是李白，要是这样，就干脆读《离骚》或读李白好了，有什么必要让但丁变成屈原，或拜伦变成李白？

如果有人认为翻译也是一种创作，那么也只是说在运用词语时应该保持对词语的敏锐而细微的感觉。我在翻译时一方面要尽可能客观，另一方面也尽量保持我读原文时的感觉。也就是说，我要使我的翻译具有某种可还原性，稍懂原文的人，会从我的译诗中想象出原诗的样子。宁生勿熟、宁硬勿巧也是我的翻译主张。我反对在翻译中加入成语，尤其是滥用成语，有位译者，在译阿什贝利时，诗中竟出现了"塞翁失马"的句子，这让我困惑。我不知道阿什贝利是不是真的会渊博到了在英文写作中可以熟练地使用中国成语的程度，以备中国译者来翻译。说到意译，我想要是为了达到某种效果，必要时也不妨用一用。但不到万不得已，我是不会使用意译的。

远：第一次看到你翻译的《神曲》之时，我感到特别大的惊异。是什么意愿促使你去翻译那部西方诗歌史上最辉煌的巨著之一的？我仔细读过朱维基的译本，你是怎样去看那个译本的？或者说，在你动手翻译《神曲》之前，你有自己认可的译本吗？你的重译，是不是还基于一种能够超越前人译本的信心？

张：我说过翻译《神曲》对我来说是一次朝圣。《神曲》无疑是一部最伟大的作品，是后人永远无法超越的。博尔赫斯说过，和《神曲》相比，其他的作品都显得微不足道了。但这并不是我翻译这部作品的原因。我喜欢但丁的语言风格,他从不使用辉煌崇高的调子,而是用质朴有力的语言来达到一个很高的境界。我喜爱的陶渊明也有这个特点。我是以曼德尔鲍姆的英译本为主进行翻译的。事实上,我也是读了一部分后才想翻译的。原因和上面说的一样,是为了细读。朱维基的译本也是从英译文转译的,但他译成了诗体,效果比起从原文翻译但译成了散文要好得多。诗和散文是对立的,形式是诗歌的一部分,甚至可能是最重要的部分。离开了原有的形式,还会是诗吗?打个蹩脚的比方,诗就像舞蹈一样,动作要和音乐的旋律与节奏相互一致。如果在舞台上放着音乐散步恐怕就不能说是舞蹈。博尔赫斯在和萨尔瓦多对话时引述过王尔德谈论荷马的话:作为诗人,六韵步诗应该比颜色和形式更加重要。诗用散文来译,可能在实际效果上比起转译来,损失要更大。

说起来也许你不会相信,我做任何事情从来都没有信心。说实话,我至今都不相信我是诗人,或能写出过几首像样的诗。甚至连一些微不足道的小事我也不相信自己有能力去完成。但我有自己固执的一面：我只是想努力去做自己喜欢做的事情。不过，有一点我还能够相信，在语言的精确度和语感上（也就是要译成"诗"上），我肯定会有一些自己的优势。

远：沃尔科特在一首诗中曾强调一个优秀的诗人首先要做这个时代"最伟大的读者"，你是如何来理解"最伟大的读者"这个概念的？

张：我不知道沃尔科特是在怎样的语境下说出这番话的。但我从来就不是一个好读者。我读什么都读得很快、很草率。这也是我要借助翻译来完成细读的原因。

远：谈谈你的阅读好吗？哪些诗人是你最喜爱的？对使用同样语种的英国诗人和美国诗人，你更喜欢哪个国家的诗人？具体谈谈你的理由好吗？

张：我读书的趣味很杂。除了读诗，我还读一些随笔、古人的笔记，还爱看一些闲书，包括侦探推理、武侠和恐怖小说。这完全是我自己的喜好，但我可以为自己辩护说诗人应该多吃些"杂粮"。只是无论严肃文学还是通俗文学，我主张要读一定要读一流的。我最喜爱的诗人无疑是但丁和陶渊明。他们的境界是我永远无法企及的。作家中我最为推崇卡夫卡和贝克特，喜爱的诗人中有叶芝、艾略特、瓦雷里、罗伯特·洛厄尔，当然你前面提到的里尔克和米沃什也要算在里面。还有阿什贝利、拉金、卡瓦菲、布罗茨基等人。前段时间我又重读了惠特曼，非常了不起。金斯伯格的诗虽然有些粗糙，但充满了活力，尽管布鲁姆认为他不是诗人，可我仍然喜欢。这里漏掉了很多诗人。总之，大凡优秀诗人的作品我都喜欢，当然程度有所不同。

相比之下，我更喜欢的是20世纪美英的诗人。法国从瓦雷里以后似乎就没有太出色的诗人，他们的风格和我追求的硬朗与厚重也有差异。另一个有力的理由是，我只能读一些英文作品。

远：从我的阅读来说，美国诗人和欧洲诗人有着极为本质的不同，美国诗人似乎更加注重技巧，尽管那些技巧有着相当大的魅力，但总不如欧洲诗人的沉稳和有力。最优秀的美国诗人去英国后成了大师，譬如艾略特和庞德。但有意思的是，大量优秀的欧洲诗人和美洲诗人又几乎都愿意去美国。撇开经济角度来看，你是如何理解这种现象的？

张：欧洲大约谁去了都会喜欢，但喜欢什么却会因人而异。我喜爱欧洲是因为那里有着浓厚的文化气息。我去过的欧洲国家不多，可能我最喜爱的是意大利，最优秀的艺术传统都在那里。除了但丁，那里还有文艺复兴前后一些大画家的画。意大利人对自己的传统保护得很好。英国奉行的自由主义精神也让我心仪，尽管我从没去过那里。但欧洲人身上也有一种让我反感的东西。他们有一种优越感，表面上谦和，骨子里傲慢。现在他们好像也沾染了犬儒主义气息，喜欢高谈阔论，关心自己远胜于关心别人。事不关己，就置身事外，绝不愿意伸援手。

在某些方面，很有些近于鲁迅一则寓言中所谈到的聪明人。而美国则更加具有活力，虽然像牛仔，但可爱。这从美国诗人的创作中就可以看出。这可能是这个国家还算年轻，欧洲确实是老了。

艾略特和庞德去了欧洲，可能与他们奉行的文化上的世界主义或是强调欧洲的传统有关。但他们所以成为大师，最终还是由于他们的写作和才华，欧洲只是为他们提供了某些养分和环境。

远：现在很多中国诗人写着写着就出现了强行为诗的现象，或者说感性思维越来越弱化。最近我收到臧棣兄寄赠的《诗合集》，开篇就是你的新作。我细读了一下，感觉你总是那么充满激情，尽管这种激情不乏内在的感伤，你是如何来让自己的诗歌保持充沛的液汁的？

张：强行为诗的现象在我这里也会存在。写作时间久了，对有些事物就不是那么敏感了，也容易陷入某种熟悉的套路中去。这是每一个想坚持写下去的人都应该加以警惕的。我不敢说自己保持了充沛的液汁，但这确是我想竭力去做的。对我个人来说，写作的重要性不在于我写出了什么，而在于我正在努力去写。我尽量使自己保持一种开放的姿态，对新事物从不拒斥，虽然我骨子里是个保守的人。向年轻人学习也是我的一个原则。最重要的是，我觉得无论对己对人，包括对这个世界，要保持一种真诚的态度。

远：你的作品修改多吗？译作呢？是否拿出来时都已进行了反复的润色？你觉得修改对一首诗歌有什么样的作用？如果说它重要，它的重要性体现在什么地方？

张：这可能要视情况而定。但总的来说修改得并不多。有时是增加或删除几个字，有的改完了，后来又改回来。长一些的诗一般改动要大些，主要是调整结构。但我认为修改是必要而且是重要的，这意味着你是对自己，也是对诗歌的一种认真态度。

远：和你经常交流诗艺的朋友是否对你的作品和翻译提出过尖锐的批评？你重视这些批评还是恪守自己的立场？

张：尖锐的批评还没有听到，可能是朋友们对我比较宽容和客气吧。但批评总还是有的，能够接受的我尽量接受，不能接受的我则不以为意。说到底，我不认为批评对一个人的进步能起多大作用。在写作上也很难说有什么对和错，关键是看适不适合你。写了这么多年的诗，自己的缺点和局限自己都知道，知道了并不意味着就能够克服。你可以说我写得差，我自己又何尝不知道自己写得差？又有谁不想写得好呢？问题是能不能达到。最终还是要靠时间和写作一点点来解决，并不是别人耳提面命就能实现的。

远：从《黑龙江日报》到今天的大学学院，你觉得哪种生活更适合你？你现在的生活是不是更加宁静？让你可以在诗歌中更深地走下去。

张： 去大学是我自己的选择，当然我要认为这种生活更适合我了。事实上也正是这样。大学时间多，人际关系也相对单纯，和学生们在一起还可以教学相长。走在校园里，我会感到我年轻了许多。至于能否在诗歌中更深地走下去，我想还是听天由命吧，至少我是这样在努力的。

2003年，书房

关于近期创作
——答文乾义

问：文乾义
答：张曙光

文乾义（以下简称文）：读过你的《如你所见》，我认为这是你一部里程碑式的作品，其中有一首《我的自述》我特别喜欢。之前，你的诗大多是不慌不忙，从容不迫，娓娓道来那种，而你从未写过这类直接、高亢和鲜明的诗，似乎不吐不快，变化之大，能谈谈你的考虑吗？

张曙光（以下简称张）：里程碑式的作品应该是一种很高的赞誉，但也只是对我个人而言。写了几十年诗，中间有过几次明显的变化。比如，《1965年》是一变；20世纪90年代初的《尤利西斯》又是一变；2000年后，我把这两种写法的元素进行了综合，也可以说是一变。但这次的变化要更大些，我是说《如你听见》中的那些诗。如果说《1965年》受到现代性的催生，把抒情转化为叙事，把政治书写转化成日常细节,那么这次的变化可能会招致一些人的反对,因为这些诗在相当大的程度上取消了意义。在这方面,你提到的《我的自述》还表现得不太明显,因为这个题目就是作为一个框架,一切围绕着自述展开。

为什么要取消意义呢?可能有人会问。容我在这里反问一下,为什么不能取消意义呢?我们习惯了给定的意义,这首诗是这个意义,那篇文章是那个意义。我们一直受困于意义,只有在一首诗中找到意义才会心安,似乎这样才算抓住了这首诗。但我要说,找到了诗的意义,并不等于真正理解一首诗,因为这只是表层上的。诗是审美,你只有被一首诗的美所打动,我想才算真正理解了这首诗。有人问毕加索他的一幅画是什么意义,毕加索反问,一朵玫瑰是什么意义?格特鲁德·斯坦因回答得更为直接:一朵玫瑰就是一朵玫瑰、就是一朵玫瑰。玫瑰的美正是在于自身,而不是因为它叫"玫瑰"或rose。是否也可以说,一首诗的意义也在于它自身,在于它自身词语的组合、碰撞，在于它给人带来的形式上、韵律上或语气上的特殊美感？或在于它的风格、气质和隐匿的情感与情绪带给人的冲击？另一方面，取消意义只是取消了表层意义，而把人们的注意力引向了更深的层面。这就如同禅宗的弟子向老师问什么是禅，老师会用简洁的话语对这个问题进行否定，然后把弟子的关注点引向更高的问题。再举个例子，抽象画也通过摒弃具象事物来去除意义，你总不能说抽象画不是艺术或没有价值吧。

另一方面，以往在一首诗中，基本上是由作者给定意义，然后由读者被动接受。而现在的取消意义，更多是取消了表层上的由作者给定的意义。这样就给了读者更大的自由空间，聪明的读者会根据诗中词语和情绪的指向重新组合出意义。这是一种在更高层面上由读者自行组合出的意义，每个人可以带入自身的经验和体会。因此确切说，所谓取消意义只是追求一种更大的不确定性。

这个集子里面的诗对我来说的确很重要。它的重要性在于,我找到了一种不同于以往的表达方式,既不是叙事,又不是抒情,也不是言说,但这些因素都包含在其中。它是自由的、联想的、跳跃的,甚至是飞翔的,可以让我随心所欲地去表达。让我举一个雕塑与花样滑冰的例子。二者似乎风马牛不相及,但都是在塑形。只是一个是通过静,另一个是通过动。静态的当然好,但我现在更喜欢花样滑,流转腾跃,让一个个瞬间动起来,瞬息万变。用这两种不同的艺术来代表我过去和现在的诗或许会有几分贴切。你注意到了诗中的细部,比如常常会有一些简要的判断或命题,我不是把它们作为意义的表达来处理,而是把它们作为图像或装饰性的花边。维特根斯坦说过,命题即图像。总之,自由想象和自由表达在我看来是最为重要的,对我个人而言也最快乐。

文:《我的自述》不是一首长诗,但信息量很大。你把很多东西作为碎片,拼贴和组合在这首诗里,形成一种跌宕,变幻不定的新的语调,而在我的感觉中,你似乎在有意淡化你诗歌中的叙事性,是这样吗?

张: 客观上可能起到了这样的作用。在我写这首诗时,我的注意力集中在自省和表达上。这是对以往生活的总结,也有对未来的瞻望。过去、现在、未来三者并不能截然分开,它们之间总是存在交互作用。

你看得很准,的确眼光老辣。你之所以觉得这首诗很长,正是因为它由一个个碎片拼贴在一起,每一个碎片都代表了一段生活经历或思想的一个侧面。但由于有这个标题约束,它就不会散掉。说到叙事,同抒情一样,是诗最常用的表现手法。它伴随史诗而产生,但后来归属于小说和散文。当初采用叙事,一是为了强化诗的表现手段,二是为了挽救滥用的抒情。但现在它和抒情一样,似乎也有被用滥的危险,所以应该保持警惕了。

文："在三千多年前的甲骨上看到我的未来"这是个了不起的句子，但从《我的自述》整首诗看，它只是个浪花，在波涛汹涌中，它似乎没有独自的光芒，它服从于整体了，我这样理解，对吗？

张： 的确，这个集子里的诗，修辞手法加强了，这是我以前不愿意去做的。我们常谈到《古诗十九首》，谈到质朴，现在看多少有些背离原来的想法，也开始雕琢句子了。这似乎是在向人们炫耀，我不是做不到。不是这样，这是和整体效果相关。如果在最大限度上去除表面意义，那你就必须用每一个句子来展示出语言特有的魅力。

文： 对《我的自述》我反复读过，我主要想感受它的语调，这种语调如果用文字表述出来，我以为是，果断、坚决和清晰。我发现这与你之前的作品有很大不同，甚至也可以说是颠覆性的，你怎么看？

张：我想这也是这本集子的特点吧。我不知道。你提起，我才开始去考虑这个问题。因为这些诗是不清晰的——这也是我现在的主张，反透明，和语言诗的反吸收性接近——主题不确定性及迟疑，这些正好用来补偿。反者道之动，绘画中用的补色大概也是这样吧。

说是颠覆性的，是不是有些过重了？说到底，这只是要爬上屋顶的梯子。诗是唯一的目的，其余的都是策略性的东西。如同打仗，不能光凭阵法，而是但凭一心。还是那个比喻，只要能爬上房顶，不一定非得是梯子，别的什么都行。

文：你用了很多后现代的手法，但也有人认为你的某种写法回到了现代主义，是这样吗？

张：现代主义和后现代主义本身就有些纠缠不清，理论家们谈论起来似乎泾渭分明，但在实际创作中藕断丝连，你中有我，我中有你。按照书本上的条框到作品中按图索骥是挺搞笑的事情。实际上，写作本不是只有现代和后现代，按照同样是理论家戴维·洛奇的划分，在现代和后现代之外还有反现代。从来都是理论家根据创作去总结，所谓量体裁衣，而不是弄一个什么套路去套作品，或告诉人家怎么写。但这种削足适履的事似乎并不少见。

文：这个集子问世一年多了，人们对这类写法接受程度如何？

张：反应不太一样。我寄给了一些人，有的表示喜欢，也有人一直沉默。想来是不喜欢，但是出于客气不想说。无论怎样，我尊重他者的选择。我要说的是，至少我不是在那里沾沾自喜地重复自己。重复是一种敷衍，无论对自己还是他人，很高兴我没有这样做，而是在努力寻求变化，为自己找到一条不同的路。谈到路，不自觉地又想到了鲁迅的那句话。大家都在谈创新，但一旦龙来了，态度就不一样了。其实我所做的尝试，国外早就有人做了，至少在音乐和美术上，约翰·米尔顿·凯奇、菲利普·格拉斯和波洛克等人就是这方面的代表。创新总是要付出些代价，当然要牺牲过去写作中一些好的东西，同时也要放弃一些写作上的原则。汉语诗歌仍处在开拓阶段，应该有诸多的可能性，面临的挑战也日益严重，必须认真应对。这些诗或许代表了我的一份答卷。

文： 我注意到，《我的自述》后面标有写作时间，是：2018.4.7，而前一首《复制》也是同日。也就是说，这一天你写了两首诗，同时，我注意到，还有一首也是这一天写的，只不过没有写完……我可以理解成你的写作出现了一个高产期，至少和我比，你是这样。能说说你近期的写作吗？

张： 去年的确写的多了些，大约九十几首，这恐怕也是我历年来写得最多的。这个集子里面的诗多是上半年的，后来的和今年写的一些我想放进另一个集子，里面的内容可能稍有不同。采用了一种新的方法,感到新鲜,自然顺手些。这也是我主张变的原因,总用同一种手法,自己都厌烦了,感觉也耗尽了,这样写下去没有意思。换个写法,也会带出一些新鲜的感觉来。

附记:
我的自述

我是一个思想犯。
我磕着松子,喝 fine life 牌牛奶。
来自德国的某家牧场。
我读维特根斯坦。我不喜欢尼采。
这纯属个人原因。
我认为个人高于整体,至少是同等重要。
我崇尚自然,渴望自由。我反对任何绝对的真理。
在这个世界也许并不存在绝对的真理。
包括我的这个论断。
我同情动物。它们比很多人更加值得关爱。
我不反对杀人,相反,我主张杀死那些该杀的人。
这个世界必须有正义存在。

我崇敬耶稣、佛陀和苏格拉底。

他们是外国人。我把他们看成我的邻居。

我痛恨一切不公。我讨厌一切虚假和伪善。

但我注定不会成为一名战士。

我是个消极主义者,曾被冠以怀疑和虚无。

我相信巫术和潜意识。在三千多年前的甲骨上看到我的未来。

我崇尚虚无主义。我确切地知道,在我生前和死后这个世界并不存在。

我爱下雪和雨天。同样爱着晴天。

我爱春天和花朵。

我读卡夫卡贝克特和伯恩哈德。

也读网络小说,如果它们足够打动我。

我听巴赫海顿和肖斯塔科维奇。

我听爵士乐、鲍勃·迪伦和帕蒂·史密斯。

我希望我的生活简单而质朴。

我喜爱和家人在一起。

我喜爱朋友,不要太多,在一起喝酒

散步,聊天,谈论着艺术和诗歌。

我喝白酒黄酒清酒和啤酒。

我喝威士忌白兰地和龙舌兰酒。

我信奉博爱。我爱整个世界。

但事实上我只爱我自己。
我知道世间的一切都是我的分身。
我是所有活着和死去的人。也是还没出生的人
我喜欢我喜欢的一切,不会因他人而改变。
我对世界充满感激,我同样憎恨这个世界。
它自私贪婪,充满了暴行。
我愚蠢,同样充满智慧。
我渴望有一把枪。我会把子弹射向地狱。
我并不羡慕飞鸟,尽管它们比我更自由。
我情愿在泥泞的大地上跋涉,穿着
凡·高画的那双鞋子,或飞跑,就像尤塞恩·博尔特。
我是一个思想犯。或许。
我反对一切既成的信条。
包括我自己。

2018 年 4 月 7 日

诗人张曙光访谈录

冯溢（以下简称冯）：很高兴有机会采访您，和您聊聊您的诗歌和对中外诗歌的看法。我对您的诗歌和诗学文章很感兴趣，我感觉您的诗学文章中提到了很多诗歌写作的问题，如变化、碎片和无意义和不确定性，都和我研究的当代美国诗歌，特别是语言诗歌酷似。您还广泛地翻译了很多欧美诗人，如里尔克和塞弗尔特。您还在诗作里为许多诗人，如庞德、艾略特、奥顿和阿什贝利等画像。您还曾经提到，语言诗人伯恩斯坦的诗学观和您的诗学理念不谋而合。所以，我想请问您：哪些或哪位西方诗人是对您影响最大的？在哪些方面您受到他们的影响？

张曙光（以下简称张）：谢谢您的提问。每个写作者心中都有自己的偶像，作为自己学习的榜样或竞争的对手。就我个人而言，在写作的不同阶段喜欢过不同的诗人，自然也会受到过他们的影响。在我写作之初，受到过艾略特、史蒂文斯等人的影响，然后是叶芝、拉金和洛厄尔，再后来是纽约派诗人，特别是阿什贝利。最近几年开始注意语言诗，读过他们的作品和理论。艾略特和庞德提倡世界文学，他们具有一种宏大的眼光，对欧洲文明的进程及困境有明晰的认识。最重要的，是我在他们的作品中感受到一种强烈的现代气息。史蒂文斯的优雅和玄思也多少在我诗中留下了印记。从叶芝那里我学到了对语言的控制和把握，在这方面他炉火纯青，堪称楷模。从拉金那里学到了平易的风格和对日常事务的处理。洛厄尔在《生活研究》中体现出的精湛技艺和对个人生活的大胆坦露让我折服，我曾一度迷恋他的写作风格。还有米沃什，他对时代的关注和诗歌见证人的身份带给我很大的启示。而纽约派诗歌让我看到了诗的另一种可能性，轻松、戏谑、即兴、恣意以及对城市的抒写很能吸引我。阿什贝利迷人的风格和语境间的快速转换使我着迷。语言诗也是近年来所关注的，这一点我想在后面还会谈到。我近期还集中读过萨拉蒙和德拉戈莫申科的诗作。你看，我的兴趣越来越趋向于晦涩难懂一路的作品，也更加倾向于无意识。

如果说这些都是阶段性的，那么有两位诗人是我在各个时期都心折的，一位是但丁，他是意大利人，我花了三年时间翻译出他的《神曲》，当然是从英文转译；另一位则是陶渊明。他是中国人，在我看来，他是独一无二的。

冯：看来您广泛地研读了西方现代和当代诗人，博采众长，又对经典的中外诗人情有独钟，可谓中西合璧。您说您的兴趣越来越趋向晦涩和无意识，这让我想起一些有名的思想家，尼采和维特根斯坦，还有弗洛伊德，以及他们的思想对现代和后现代社会的深远影响。您为什么对晦涩和无意识如此感兴趣？为什么这些对您的诗歌创作很重要？

张：晦涩可以看成现代诗的一个属性，当然不会也不应该成为标准。我们不能说一首诗晦涩就一定好，同样也不能说晦涩就一定不好。世界在急遽变化，经验变得越来越复杂，各类相互矛盾的信息也在大量地涌入，这些必然会作用于我们的意识并体现在诗中。但晦涩真的是晦涩吗？明晰在今天已经无从表达我们更为复杂的经验。只有孩子看待事物才是简单明晰，在他们的世界，黑就是黑，白就是白。而对于有足够阅历的人来说，各种相同和不同的因素交错在一起，剪不断，理还乱。晦涩并不是有意的追求，更不是目的，而是复杂性的一种体现。确切说是表达我们内心真实的一种方式。伯恩斯坦提出一种回音诗学，我想目的也在于此。确切说，回音会造成一种混响，变得晦暗不清。世界可能就是这个样子。维特根斯坦在他的哲学中为语言设置了一个界限，他说凡是不能说的就必须保持沉默。在我看来，他提到的不能说的部分也许正是诗歌所要表现的。当然，这种表现有相当的难度，无法通过语言直接表述，需要通过隐喻和暗示来实现，而无意识植根于我们的意识深处，没有经过理性的把控和扭曲，它能够更好地坦露我们内心的真实。这一点在达达主义、超现实主义和更晚些在美国出现的抽象表现主义绘画那里都得到了很好的验证。至于我个人，写作了几十年，无论是叙事性还是后来的语境诗（姑且这样说吧），再写下去就重复了，开拓新的领域对我来说就变得更加重要。而晦涩和无意识写作，并不是像一些人认为的那样，是取消意义，而是要造成一种复义性，或意义的不确定性。这正好符合我的精神走向，和我对周遭事物的意识是一致的。

冯：我读了您的诗集《看电影及其他》，里面收录了您2004年之后的作品，后来又读了您最新的作品，如在《如你所见》里的诗作，感觉您作品风格在变化，最新的诗作里我读到实验性写作的风格，陌生化的写法，大量使用了日常用语以及碎片，词语的拼贴还有意义重新的组合等。您说"语境诗"，这种诗歌有什么特点？它和您最新创作的诗歌有什么区别呢？您觉得您最新的诗歌形式和诗学追求不是为了晦涩而晦涩，那么其主要诗学和美学特点是什么？和达达主义或超现实主义有什么联系？

张：那本名为《看电影及其他》的诗集收录了我2004年后十年间的作品，和以往以叙事性为主的写法有一些不同。过去人们常会把叙事性与叙事混为一谈，但二者应该是有区别的，正如辣是一种特性，而非辣椒本身。语境诗或情境诗只是我个人的提法，并不见得有多么准确，是我对1990年后自己部分诗歌创作的一个概括。简单说，这些诗叙事的特性被有意弱化，往往就一个或几个情境或语境展开沉思。至于近几年的作品，确实有了很大的改变，您总结得非常好：追求陌生化，拼贴及意义重组，等等。不同于以往的严肃和沉重，这些诗开始变得轻盈，在词语和语境间不断滑动，不再是雕塑而成为舞蹈。戏谑性的调子增强了，带有某种喜剧和游戏的效果（游戏也正是维特根斯坦后期哲学的一个概念，这些似乎可以对传统诗中由严肃凝结出的板块的一种调节），也混杂进一些时尚性的元素，如电影和当代艺术，还有广告词。和过去相同的只是仍旧保持了一种沉思性的调子。这其中包含着自由联想和无意识写作，也掺入了即时（兴）性的内容。我想这些与达达主义和超现实主义会产生某些关联。事实上，很久以前（20世纪八九十年代），我就注意到达达主义和超现实主义，也在考虑如何借鉴的问题。比如超现实主义，在很多人那里只是作为一种修辞，我看重的却是其中的无意识。从抽象绘画中也汲取了一些养分。是的，我并不是为了晦涩而晦涩（在一些人的眼中，晦涩可是写作的大忌），而是想通过这些混杂的、甚至带有自相矛盾的元素，来重新组合现实，即我心目中的现实，从而为这个时代描述出一幅不同肖像。

冯：您说要为这个时代描述一幅不同的画像，我想起您的诗歌，心中就浮现出一幅表现主义，超验主义或是抽象派的画卷。国外的诗人F·奥哈拉还有伯恩斯坦和画家有很多合作，我读您的诗歌感觉您和很多电影导演有很多"合作"。我对您说的诗歌中的戏谑和游戏很感兴趣。传统上，中国诗歌重视严肃的风格，内容上倾向于书写沉重，而戏谑、游戏、反讽等风格往往被忽视；广告词、当代艺术和流行文化等内容也被视为昙花一现,通常不被传统诗歌接受。您怎么看戏谑和游戏的重要作用?这种词语与语境的滑动和轻盈的写作风格要求有很高的诗歌写作技巧,因为如果想让滑动的意义达到预想的效果,让游戏中有新规则又不断打破旧规则,都对写作技巧和写作手法等提出更高要求。您能谈谈这方面您的心得吗?

张:对严肃风格的看重可能受到了儒家文以载道思想的影响。既是载道,那么就一定要正襟危坐,一本正经了。其实严肃的应该是写作态度,而不是文体和风格。古希腊古罗马的喜剧艺术很盛行,拉伯雷的《巨人传》被巴赫金所赞许并成为他文学理论的范例。莎士比亚悲剧喜剧并重,而我们的写作就显得相对单一化,大约作者唯恐被说成不严肃,进不了殿堂。其实嬉笑怒骂皆成文章,重在效果而不在风格,在这方面鲁迅做得很好。戏谑代表了对生活的态度,是另一类反抗。它可以看成是一种解构,既非愤怒,又不等同于反讽,而是在看似不经意的调侃和嬉笑中隐含着严肃的成分。陶渊明在《责子诗》中就运用了这样的手法，而被杜甫讥为"未达道"，老杜似乎没有看出诗中的戏谑而当成了正面的抱怨，当然，也许他也是在戏谑也未可知。人的情感和情绪总是复杂的，且程度不同，需要有相应的手法来加以表达。文学的风格也该丰富多样。齐泽克编过一本关于笑话的小书，通过一些戏谑的段子对一些严肃乃至神圣的事物进行了消解。说到游戏，人们会认为不够严肃，带有随意性，其实这是一种误解。游戏是维特根斯坦在研究日常语言的特性时提到的，它的特点之一就是讲求规则。如果离开了规则，游戏也就不存在了。同样，游戏也会带来身心愉悦，严肃中带有快感。如果有人对此表示怀疑，那么不妨请他去看看足球场上球员和场外球迷的表现吧。他会发现，游戏比起其他活动要更严肃，更要受到规则的约束，不能恣意妄为，也更能激起人们的兴趣、狂热乃至疯狂。在游戏中，规则就相当于法律。在写作中引入游戏的特性，可以把文本看成是词语在一定规则内的表演。至于我提到的在词语和语境间的滑动，也只是一个比喻，我想借此表明的是二者在诗句中的快速转换。禅宗不信任语言，他们认为语言无法展示事物或思想鲜活流动的一面，当他们不得不使用语言时，就会随时去除语言造成的偏差和成见，即所谓的随说随扫。他们反对说有，因为在他们看来诸物本是空的。但当你说空时，他又要去说有，因为就现量讲诸物又是有的。这就是非有非空。但非有非空本身又构成了一个"有"，他们又要破除这个有，就是非非有非空，由此反复，不断超越。在一些机锋公案中，我们也可以看到禅宗的自由灵动的一面，内不滞于心，外不滞于物，心随境转，达到一种高度自由的境地。这是对词语对语言极其巧妙的运用。要实现词语和语境的快速转换，更多要依赖于无意识的自由联想，也要根据词语的特点让它们聚合分散所产生出的张力，顺势而为。举个例子，在一首名为《在最后的日子我们能否会获得拯救》的诗中有一段是这样的：

蝴蝶在做梦。在梦里
它变成了庄子。庄子是一个村落吗？脸庞，村庄。

瓦尔达，瓦伊达，阿伊达，阿凡达。一切都很美好。

但它会被淹没吗？谎言还是真理？如果你说是，或否。

蝴蝶做梦的典故来自《庄子》，庄子是一个人，又是村落的同义词，由此过渡到"庄子是一个村落吗"的追问。又由于联想到国外一部名为《脸庞，村庄》的热门纪录片。它的导演是瓦尔达。下面的几个名字又是和瓦尔达声音相近而形成的联系：瓦伊达是波兰导演，《卡廷惨案》是他的作品。阿伊达是威尔第歌剧中的主人公。阿凡达大家都清楚，这部电影前些年曾热门上映。这可能就是我所说的在那种滑动，这是一种联想，也可以视为语言游戏（我想这具备了这样的性质），但其中每个词都是一个存在，分别承载了不同的意义和内涵，又必然在阅读者的大脑中留下印记，形成联想。在另一首诗中我提到了红雀，有一句是"红雀也是间谍"，因为我刚刚看过一部电影，里面的女间谍代号就是红雀。我想这种突兀的联系一方面有一定的逻辑联系，另一方面也会带来某种快感。

总之，写一首诗的目的不是或不仅要传递某种信息，要是那样直接说出岂不是更好？写一首诗的目的是为了完成一首诗，通过诗的技艺所产生的回声和共鸣来感染读者，从而引发他们更深的思考。当然，我这里说的是真正的读者。

冯：您提到儒学和道禅在美学追求上的区别让我想起张节末老师的《道禅对儒家美学的冲击》一文，其中提到在中国历史上道禅思想对儒家美学的两次突破。魏晋之后，道禅美学思想得到了广泛接受，推崇纯粹的审美和自性自由。您喜欢的陶渊明就是道禅"逍遥"审美态度的经典代表。此外，我很赞同您对道禅思想的看法。道禅思想的许多异言异行、机锋或棒喝等就是让人们抛开事物表面，看到事物的内心化的状态，让人与物融于一体，达到悟道的境界。同时，道家思想很早就看到了语言对人的桎梏，针对商周以来的"名制"而发，力图突破语言的钳制。所以，从某种意义上道家美学和巴赫金狂欢化诗学有一定共鸣。您提到的巴赫金的狂欢化诗学理论也是一个力证,说明了怪诞、讽刺、滑稽、嬉笑怒骂等在文学作品中颠覆、解构和重构的重要作用。游戏中也有严肃和规则,我也十分赞同。您的诗歌细读分享十分精彩!这种意义的滑动为读者提供了阅读的快感和一种新的审美体验,但也提出了更高的要求。伯恩斯坦在他的《回音诗学》中在谈到诗歌的创作过程中的过程和方法时,和您有一段相似的表达:"诗歌不是目的,而是跳板,一个强化读者想象、反思、外向投射和内向投射的能量场"。这种诗歌写作需要一种非传统的全新的阅读模式,您期待什么样的一种阅读方式?您理想的读者或是真正的读者是什么样的?

张: 您概括得十分精到。说到道禅,它们更重直觉,是通过感悟和内视达到的一种洞观。西方一直存在理性与非理性之争,在我看来,无非是达到平衡的一种方式。当社会理念过于理性化,就要用非理性来调节,反之也是一样。就像走路一样,两脚交替运动才会维持身体的平衡,也切合老子的"一阴一阳谓之道"及"反者道之动也"的观点。写作一方面要遵从内在的逻辑,另一方面要时不时地打破这种逻辑。忘记了博尔赫斯在哪里引用过一段福柯对事物的分类,完全打破了正常思维的惯性,很有意思。好的艺术不仅要达到陌生化的效果,也要给人以惊喜。说到读者,这也是我在思考的。前段时间郑州的一家书店邀我去那里讲座,我最初的题目就是"如何做一个好读者"。读者与作者是一种共生的关系,相互依存,共同促进。没有好的作者是读者的悲哀,没有好的读者也是作者的悲哀。举个简单的例子,如果一个城市里的观众喜欢交响乐,而剧场经常演出的却是二人转,或相反,剧场演出的是交响乐,而观众的口味却是二人转,情况将会是怎样?当然我不是在排斥二人转,也不是在否定二人转的爱好者,但毕竟二者间有着不同的艺术含量和等级,而提升观众的素质和审美水平也是应该倡导的。说过"艺术是有意味的形式"这句名言的英国人贝尔写了一本叫《文明》的书,他对文明的概括是理性和价值尺度。他说英国乡村有很多法国菜馆，却达不到真正法国菜的水平。他说他们不是请不起法国厨师，而是食客们没有这样的要求。挑剔的食客是好食客，挑剔的读者是好读者。最怕的是什么都无所谓的那些人。他们活得粗糙，也会使社会变得粗糙。我心目中理想的读者应该是具有创造力并具备相当艺术修养的那些人。记得福柯或是罗兰·巴特把作品分为可读的和可写的，显然我更心悦那些有能力对作品进行再创造的读者。至少读者除了必要的艺术修养外，还要有一定的包容性，不带成见，能够接受自己趣味之外的东西。也必须承认世界是丰富多样的，而写作也同样应该丰富多样。他们保有一定的好奇心，总是要关注一下超出自己理解范围之外的东西。

冯：您对阴阳、理性非理性的转化和两者之间关系的讨论，以及中西思想的类比深入浅出，让我印象深刻，受益匪浅。的确，交响乐和二人转都应该有人理解和欣赏，艺术需要包容性和多元性。理想的读者通过关注理解范围之外的东西，拓宽自身的认知，和作者的思想频繁互动，进而接受自身趣味之外的内容和形式，在作家和读者的共同努力下，艺术得到了扩容和更新，充满生命力。这是很理想的状态，但是现实却是大多数读者更愿意停留在传统的阅读模式，而大多数作家或诗人为了迎合大众读者，愿意停留在传统的写作内容和形式上。您谈到了"艺术是有意味的形式"，交响乐和二人转都可以看作是不同意味的形式。在某种程度上，不同的诗歌流派，如纽约派和语言派，也是不同的意味的诗歌形式。我想请问您如何看待诗歌的形式和内容的关系？我读了您的讨论纽约派诗人奥哈拉诗歌的文章《奥哈拉与城市的日常场景》，您提到奥哈拉的诗歌最具独特性，请您谈谈写作中的独特性和形式是否有关系？为何独特性如此重要？

张：首先艺术是有等级的，其次每种艺术形式不论高下，都有存在的必要，因为艺术应该满足人们不同层面的需要。能够照顾到传统阅读品味读者的需求，不失为一种很好的选择，但过多的取悦和迎合不仅会因此降低艺术的水准，甚至可能变成低级趣味。而另一类作者似乎根本不去考虑读者，他们只是按艺术准则去写作，来实现自己的艺术主张。但反过来说，这样做也许正是对读者的尊重，因为他们要把他们心目中最好的呈现给读者。这里存在着一个悖论，即怎样才算是对读者有益？一个是随便你喜欢什么便塞给你什么，另一个则是我要给你更好的。你可以说我们不能把自己的趣味强塞给读者，但同样可以说，写作者对社会对艺术总是要担负一定的责任，难道我们不是应该提升读者的修养和境界吗？这可能是大众文学与严肃文学的分野。一个是迎合大众而写作，一个是追求心目中的境界。但无论如何，好的写作者总是要实现独特性或独创性，我想这是由艺术的本质决定的。因为艺术尤其是诗歌，是要传达自身对世界的感受和认知，离开了独特性，人云亦云，千人一面，一切都无从说起。诗歌拒绝共同性，它是由个体声音发出的独特体验。在一个人打个喷嚏就会传遍世界，全球基本实现了一体化的今天，个别的、独特的事物尤其显得可贵。

诗可以最大限度地保持个性，好像布罗茨基就这样说过。独特性是艺术存在的依据和理由，也是免除淹没在时间洪流中的必要方式。诗歌的深度正是蕴含在独特之中。一旦诗歌变得大众化，必然会以牺牲独特性和深度为代价。独特或独创性应该体现在诗的各个方面，当然在形式上更为明显，也同样包含在语言、风格和手法上，奥哈拉就是这样。值得一提的是，他在写作态度上，也异于传统的写作方式，在我看来这是很大的不同。

冯：我很赞同您说的艺术家和诗人的责任和担当。我感觉，这种责任让诗歌拒绝人云亦云的一元化，诗歌让真理和美显现，这一点也验证我们刚才提到的诗歌中的怪诞、嬉笑和游戏甚至也是一种严肃的表达、鞭挞或讽刺，因为这种表达可能往往更发人深省！西方从亚里士多德以来讲求的"形式是第一实体"就一直在找寻不动的实体，结构主义者就是要在文学作品中找到那个不变的结构，但到了解构主义者那里就是要消解不变的结构，消解逻各斯中心主义。所以，我看到西方现当代诗歌和艺术倾向于多元和独特性。您的一些诗歌如《房子》（收录在《马航MH17》）形式独特，没有标点，充满了词语的拼贴和罗列，还有的诗歌如《静寂》（收录在《如你所见》）围绕"他们掩埋着白天的风景"这一句展开，这句被不断重复了十三次，然后是一系列的动作描写来展示他们怎样掩埋着白天的风景。请您谈谈创作这两首诗歌时，您的创作动因和想法。你觉得拼贴（collage）在诗歌创作中有什么突出意义吗？词语的重复又有何意义？

张：您的问题的确很有挑战性。这两首诗在我的集子里并不显眼，但就文本意义讲，它们算得上是特别的。《房子》那首诗还是有一个相对完整的情境，或者说是对这个情境的自我意识。但我从形式上进行了碎片化处理，让每个词与词之间产生出空白，有了相对独立的空间。如果把这些词连起来再读，效果会有很大的不同。正是因为这种破碎，于那个相对完整的情境间产生出一种张力。这也许是这首诗的突出之处吧。至于说《静寂》，句子的主干"他们掩埋着白天的风景"，连续重复出现了十三次，然后用"夜晚降临"结尾。重复一方面会显得单调，甚至令人厌倦。但同样的是，不断地重复也会造成一种韵律感，形成旋律。其实在这些重复中也有着变化，即你所提到的不断变化出现的一系列动作和方式。这就对重复做出了适当的调整，如用铁锹，用镰刀，用推土机，甚至用鸡蛋，用耗子，用演算纸，用咳嗽，这就有些达达主义了。正是这种突兀和反常冲淡了重复的厌倦感，甚至会让人产生出一种期待。拼贴的迷人之处是把不同时空不同情境中同质或非同质的事物拼凑在一起，让它们交互碰撞而产生意义，而这些意义是随机的，重要的是，由此产生出的情境也不再是单一情境，甚至有了些许超现实意味，这就很有意思。

再谈谈我对重复的看法。在我的诗中，很多地方都会出现重复。写作在某种意义上就是一种重复，同时更要打破重复。这两种重复不是一个平面上的。

一种是写作本身的重复,这是没有意义的。另一种是出于艺术考虑的重复,已经成为艺术的重要手段。希利斯·米勒和德勒兹都写过关于反复的书,我没有读到,但我想会很精彩。我对重复的认识更多来自音乐,尽管我对音乐并不在行,只是一个普通的听者。在音乐演奏中某个声部会重复出现,层层递进,比如卡农。电影《冷山》中有一首歌,名字好像是Lady Margret,就是一两个乐句在不断反复,没有任何乐器伴奏,只是一个女声在唱,单调的重复中有丰富,符合极简主义的理念。另一个是作曲家菲利普·格拉斯,他的乐曲简约,常常出现不断重复的乐句。我很喜欢他的音乐,也试着把自己的体会写入诗中。如:

> 我看到我的影子投射在天上。
> 我看到它在拉长和放大。
> 我看到我的影子投射在天上并且
> 拉长和放大,占据了整个天空。
> 我看到我的影子投射在天上。
> 我看到它分裂成为无数个影子。

……

就是有意借用了卡农的曲式,在重复中递进,这种重复产生出韵律,并形成一种回旋的效果。

冯:您回答得很精彩!我很赞同您对碎片和重复的看法。您提到语言的碎片让词与词成为独立的空间,形成空白,就令我想到了中国艺术中的留白,这种空白并非没有作用,却是具有一种烘托或反衬的功能,留出想象空间,从而深化了主题,令艺术作品的美感更显突出。您诗歌中词语间的空白也是要激发读者的联想和想象,进而在词与词之间碰撞出独特的美,这种美是因人而异的,这就是拼贴的独特之美。重复不代表单调,因为在每一次重复中,诗歌都赋予自身以新的活力,"用铁锹,用镰刀,用推土机,甚至用鸡蛋,用耗子,用演算纸,用咳嗽"来"掩埋着白天的风景",赋予了每次重复不同的语境和意义,有一种音乐的旋律美和回旋之感。美国很多现当代诗人都是词语拼贴和重复的大师,如阿什贝利和斯坦因。很多美国语言诗人也擅长这些写法，通过重复和拼贴拉伸词语，进而达到意义和意境的转换。记得我和您的交流最初是从美国语言诗开始的。您能谈一谈对美国语言诗的看法吗？您觉得中国诗人应该如何借鉴语言诗？语言诗能给诗人们何种启发？

张：似乎您的老师伯恩斯坦不太认可语言诗的提法（他一再说并不存在语言诗），就像阿什贝利讨厌将他归入纽约派。但阿什贝利生活在纽约，并且同其他纽约派诗人、艺术家过从甚密，说他是纽约派总还说得过去。而命名语言诗的依据只是诗人们办过那份名为《语言》的刊物。我理解伯恩斯坦的用意，他不想因为某个定义而使诗歌定型化。但除了语言诗，真还想不出更恰当的名字了。毕竟平面化和标签化是这个时代的特点。

最早接触到语言诗是1990年代张子清翻译的《美国语言派诗选》，2011年又读到聂珍钊的《查尔斯·伯恩斯坦诗选》，当然对我触动最大的还是那本《语言派诗学》。里面一些大胆而又新鲜的主张给了我很大的启示。2017年我写出了一些与以往自己的创作不太相同的诗歌,主要是写作趣味变了,对过去的写作方式感到厌倦,想寻求一些变化。我集中读了一些关于抽象表现主义绘画的资料,很受启发。在创新和实验上,应该说绘画和音乐走得更远,也更大胆。约翰·凯奇的《4分33秒》创作于1952年,他在钢琴前枯坐了4分33秒,创作出一段史无前例的"空白"。而抽象艺术在上个世纪初就开始出现了,人们在上面再也找不到那些自己熟悉的事物,而代之纯粹的色彩、线条和形体。这些色彩和线条看上去与现实并无关联,却是内在情绪、气息、韵律和潜意识的体现,而这些,正是出自对现实的反应。而诗歌,哪怕是后现代诗歌,仍然和传统保持相当的联系,还在拘泥于意义和看不看得懂。我在想绘画可以取消具象,造成意义的断阻,为什么诗歌不能尝试去取消表层的意义?当然词语本身就包含着意义,做不到像绘画那样纯粹,但可以采用拼贴的方法去消除意义。当然意义不可能真正去除,而只是变得隐晦、多义或是不确定。这种能指的断裂或置换所导致的所指的不明确和开放将会赋予诗歌新的活力。同样，我从拉康那里领会到无意识的重要。当我写出一批这样的诗作后，正好在一个公众号上读到您关于语言诗的论文，我突然意识到我的想法和语言诗有些接近。

语言诗的特点您概括得非常准确，将会触发诗作者对诗歌进行新的思考。据我的理解，语言诗很难说有固定的规则，或者说是一种通过对规则的质疑和挑战，不断回归到诗歌自身特质的努力。但它既不同于元诗或纯诗，也不唯美和高蹈。作为存在本身，语言本来就包含着一切，政治、社会和审美意识尽在其中，而不必去刻意强调。任何文学形式都是时代的产物，与社会意识形态、文化和审美风尚息息相关。语言诗体现了后现代主义写作的诸多特质。可能有人会指责语言诗不去反映社会现实，没有更多的介入，但在我看来，政治意识和反叛正是包含在审美之中。一些年前我读过《马尔库塞美学思想研究》，有句话记忆犹新。他说凡是先锋的文学都带有革命性，然后又说，凡是艺术性强的文学也同样带有革命性。他讲到歌德的《亲和力》。他所说的革命性，应该就是改造社会的力量。记得有一年哈罗德·布鲁姆和女诗人阿德里安·里奇有过一场争论，一个强调审美的重要，另一个则认为诗应承担更多的社会责任，似乎布鲁姆占了上风。我一向不太喜欢布鲁姆近乎保守的诗歌趣味，也不很赞同里奇离开审美去强调社会责任。我更加认可雅斯贝尔斯对艺术的看法：艺术为我们提供看待世界的方式。改变社会很重要，改变语言和思维方式同等重要，也许要更加重要。有人把诗歌边缘化的责任归结于诗人，认为是诗歌不再介入社会而导致，这未免过于高估了诗歌而低估了社会。被边缘化的不仅是诗歌，还包括小说和其他所有艺术形式。这是市场化发展的必然趋势。无论如何，这种状况不是诗歌所能左右的，更不是诗歌造成的。也许教会人们看待世界的方式好过直接的说教，后者既不好玩又令人厌倦，尽管诗歌从不畏惧承担社会责任。

诗歌"通过隐喻看世界，并回应这些隐喻"（伯恩斯坦）。一首诗的作用或许并不在于告诉别人什么或多少，而在于使别人联想到什么或多少。伯恩斯坦引用过克里利的话：形式是内容的延伸。那么是否可以说，审美是社会功用的延伸？

　　说到如何借鉴语言诗，也是值得认真思考的。我想一种方式是直接学习语言诗的技法，包括碎片，拼贴，充分开掘词语的功能，也包括无意义和多义性。除了美国，也有一些其他国家的诗人借鉴了语言诗，如俄罗斯的德拉戈莫申科，如墨西哥的布拉乔，都取得了不俗的成绩。另一种就是像语言诗人那样勇于创新、打破规则。语言诗带给我们最大的启示是，艺术创作必须打破常规。真正的艺术家应该时刻去质疑并挑战规则，当然不仅仅是对旧的规则不断进行解构，而且要不断建构起新的规则。这个过程反复出现，不断打破然后不断建立，就像禅宗那样不断通过否定进行超越，以保持对事物和语言的新鲜感受。我想，这也许就是语言诗带给我们的启示。

冯：是的，伯恩斯坦教授在文章里曾表示，语言诗是许多诗人在同一时期、不同地点在诗歌创作中的共荣，当然这个诗歌运动以他和安德鲁斯创办的《语言》杂志为主要阵地。伯恩斯坦引用黑山派克里利的话，"形式是内容的延伸"，帕罗夫教授对于语言诗歌曾写道，"理论只不过是实践的延伸"，强调了语言诗歌的社会实践性。正像您说的语言涵盖面广，诗歌"通过隐喻看世界，回应这个隐喻"暗含了语言诗的社会意识和社会责任，事实上语言诗人很多都是 20 世纪 60 年代民权运动的拥护者和参与者。您对语言诗的概括"审美是社会功能的延伸"，我很赞同。语言诗提倡审美的重要作用，但同时展现美的超越，借其独特的美学来隐喻世界并回应世界。我想雅斯贝尔斯的存在主义美学观也体现了这一重要内涵。我想，您对中国诗人如何借鉴美国语言诗人一语道破了两个问题的答案：一是语言诗人在诗学上的贡献，也即是他们的实验写作和革命性，他们倡导打破陈规，让艺术恢复活力；二是语言诗人对我国诗人的启示，给年轻的诗人指出了一条诗歌创作的探索之路。我把您的两首诗歌，《纳博科夫的蝴蝶》和《一首诗》翻译成英文，拙译将发表在《双重谈》（Double Speak）2020年第一期。我认为，《纳博科夫的蝴蝶》是一首探讨环保和人性善恶这样的深刻问题的诗歌；《一首诗》探讨了诗歌本质的问题。我发现除了外国诗人和作家时常出现在您的诗歌中，比如在《纳博科夫的蝴蝶》中您提到纳博科夫，在《但丁》中您写但丁；一些中国传统的传说和诗人等也出现在您的诗歌中，比如在《陶渊明》中您和陶渊明对话，《一首诗》中您写道"一首诗有时不是一首诗。它是一条河。/仿佛是在忘川，你让小船在逆流而上"。在翻译的时候，我必须加了译者注来解释"忘川"，以便英语读者可以理解这个中国传统文化传说中的河流。
您的诗歌《夜晚》：

> 石头沉入海底。世界显现。
> 我在小酒馆里喝酒，听着外面的雨声。
> 汽车发动机的声响。轮胎摩擦着柏油路。
> 仿佛做了一个长梦。现在醒来。

给人以道禅逍遥自由的意境，又不失对现代文明及时代的刻画和描写。您谈了对语言诗人的看法，现在我想再请问您一个问题：您的诗歌创作和中国传统文化的关系，您的诗歌受到哪些中国传统诗学的影响？

张：您的眼光很独到。人们读我的诗，往往只是注意到我借鉴了国外诗歌的某些因素，却往往忽略了中国古典诗歌对我的影响。当然这些影响更加内在，渗透在写作的精神气质中。的确，我读过很多西方当代的作品，但少年时代接触到的更多的是古典文学。从小学二年级我就在读《西游记》，然后是其他几部名著，当然是囫囵吞枣。在中学时，我就能背下几百首唐宋诗词了。喜欢陶渊明是后来的事，大约在三十岁以后吧。苏东坡评价陶诗"质而实绮，癯而实腴"，十分准确，也在无形中透露出一个写作的奥秘，即作品中要有矛盾的因素，所谓"反者道之动也"，风格和特质的单一化会缺少张力。很多事情都是这样。朱光潜说陶静穆，鲁迅则说陶金刚怒目,但无论静穆还是金刚怒目都不完整,而是二者兼有,互为补充。同样,说陶入世或出世也都不对,他是既出世又入世。语言诗也有混杂的特点,就是说在诗中体现出不同的元素。这一点很重要。我也喜欢读老庄,尤其是老子,这一点和很多传统文人接近,也包括禅宗。我接触禅宗是在20世纪80年代中期,禅宗思想对我的影响至关重要。无论如何,我的精神气质仍是中国式的。之所以大量阅读西方作品,是因为在今天,作为一个写作者,只是了解本民族的文化是不够的,还必须广泛吸引其他民族好的东西。人们都在讲要学贯中西,融会贯通,事实上这很难做到,也没有必要,我想重要的是选取几个关键点,加以重组,构建起自己的诗学体系。

我经常对人说起,古典诗歌有三部作品非常重要,即《诗经》《古诗十九首》和陶渊明。中国诗学传统的精义尽在其中。唐诗宋词美则美矣,也足够丰富,但就其气象涵浑、骨力强劲以及韵味醇厚讲尚有不及。然而,很难说传统诗学对今天的写作会产生直接的影响。毕竟形式和技法与时代相关联,今天的我们读古典诗歌,可能更多是一种熏陶和滋养,用以丰富自身的修养,或为自己的写作提供某种参照。当然,古典诗歌的重视直觉、含蓄、蕴藉的特点也是值得借鉴的。

冯:我读您的诗歌领会到您是把西方思想融入了中国现代诗的创作,具有中国传统思想和传统诗学的神韵,又充满了与西方诗人和思想的碰撞,可谓中西合璧,您把两者独特地结合起来,具有很浓厚的个人风格和魅力。最后请问:您的下一个诗歌写作目标是什么?对年轻的诗人和作家有什么好的建议?

张:能够得到您的肯定我很高兴,惭愧之余也让我受到激励。我会继续写下去,至于下面的写作目标,我想会继续保持一种开放的心态。沿着前面的路子进一步拓展。说实话,我的写作一向很难说有明确的目标,也不想被预设的目标限定,只是摸索向前而已(当然也可能是后退)。我写诗,很多时候在写下第一句后,根本不知道后面会出现什么。我在几十年前在一则诗的断想中就写到,不是诗人在说话,而是语言在说话。几十年过后,对这句话体会得更深了。写作过程就是一种探索过程,是从未知到有知的过程,也是意识从混沌中逐渐显露的过程。但这种显露仍然带有很多或者说更多的未知。这也许就是诗的魅力。简单地说,我想就是更多的实验和探索。说到对年轻诗人和作家的建议,估计他们是不会在意的。他们有自己的路,也把我们看成是他们前行的阻碍,尽管仍然从我们这里借用了很多东西。这是对的。我对他们唯一的建议是要坚持自己的主张,尽可能地去除成见,对人对事对诗都要这样,即敞开胸怀去面对世界,面对诗歌。也希望他们有一天变老时,也能像我一样对年轻人满怀包容和敬重。也许这是对于未来的态度。就是这样。非常感谢您的提问。

图书在版编目（CIP）数据

电影与世纪风景 / 张曙光著. -- 北京：西苑出版社, 2022.3
　ISBN 978-7-5151-0816-2

Ⅰ.①电… Ⅱ.①张… Ⅲ.①中国文学－当代文学－作品综合集 Ⅳ.①I217.2

中国版本图书馆CIP数据核字(2021)第184247号

电影与世纪风景
DIANYING YU SHIJI FENGJING

项目策划	赵　晖
项目统筹	辛小雪
责任编辑	苏泓睿　辛小雪
装帧设计	黄　尧
责任印制	陈爱华
出版发行	西苑出版社
地　　址	北京市朝阳区和平街11区37号楼　邮政编码：100013
电　　话	010-88636419
印　　刷	三河市嘉科万达彩色印刷有限公司
开　　本	880mm×1230mm　1/32
字　　数	97千字
印　　张	7.25
版　　次	2022年3月第1版
印　　次	2022年3月第1次印刷
书　　号	ISBN 978-7-5151-0816-2
定　　价	56.00元

（图书如有缺漏页、错页、残破等质量问题，请与出版社联系）

密涅瓦丛书

第一辑

电影与世纪风景 / 张曙光

接招 / 西川

镜中记 / 华清

多次看见 / 敬文东